에곤
실레,

예술가의
표현과
떨림

박신양
안현배

에곤
실레,

매혹적인 비밀의 관능

민음사

차례

제국의
황혼

박신양, 종이팔레트

감정 수업

박신양

어느 아파트 엘리베이터에서 아마도 유치원에 다니는
남자아이를 만났다. 아이가 기분 좋게 인사를 해서 나도
반갑다고 했다. 아이는 목에 뭔가를 걸고 있었다. 이름이
보였고 그 아래 뭐가 쓰여 있길래 읽어보니 '내 감정은
소중해요.'라는 문장이었다. 슬며시 웃음이 나왔다.
기뻐서였다.

아마도 유치원에서 감정을 표현하는 수업을 하는
모양이었다. 유치원 선생님은 아이들에게 '지금 어떤
감정이에요?'라고 물어봤을 테고, 아이들은 그 순간 자기의
소중한 감정을 표현하기 위해서 열심히 말을 찾았을 것이라는
생각이 들었다. 아니, 감정을 소중하게 언어로 표현하기

위해서 애를 쓰는 게 상상됐다. 감정을 표현하는 행위는 소중하다. 그래서 웃음이 나왔다. 그렇다, 감정을 언어로, 그리고 다른 방식으로 표현하는 것은 소중한 행위다.

기쁘고 반가워서 나도 아이에게 지금 너의 소중한 감정은 어떤 거냐고 물어보고 싶었다. 그런데 엘리베이터가 열렸고 아이가 내릴 참이었다. 너무 잠깐이어서 아쉬웠다. 자신의 감정이 어떤지를 표현하는 건 배우고 연습해야 하는 일이다. 감정을 표현하는 연습을 하지 못하면 어른이 되어서도 문제가 생긴다. 이제야 유치원에서 그런 수업이 생겼구나. 이제라도 생겼으니 다행이다.

감정을 표현하는 것은 노래를 배우거나 책을 읽거나 말을 하는 것처럼 연습이 필요하다. 자신에게는 감정이 없다고 오해하거나 괜한 농담을 하면서 웃으면 감정이 드러나지 않는다고 착각하는 사람들이 참으로 많다. 그건 자신들이 꽤나 수준 높은 이성과 관념의 신봉자들이라고 믿고 있기 때문이다. 안타까운 일이다. 그들 또한 이제까지 감정을 표현하는 방법을 배우지 못했던 정말 많은 피해자들 가운데 속하기 때문이다. 우리가 서로에게 가장 필요한 말은 '지금 감정이 어때요?'라는 말이 아닐까?

유치원에서 감정이 소중하고 중요하다는 것에 대해 생각하고 있구나. 이제야 자신을 알아가는 데 감정이 가장

중요한 단서라는 것을 인정하기 시작했구나. 늦었지만 참으로
다행스럽다. 저 아이가 크면 자신의 감정에 대해서 잘 생각할
수 있겠지. 표현도 할 수 있겠지. 감정은 억누르고 제압하고
무시해야 하는 게 아니라는 걸 알아갔으면 하는 바람이었다.

　내가 누구인지를 알아가는 참 좋은 근거를 자신 안에
두고 있는데도 왜 다른 데서 찾는다는 말인가? 우리는 단
한순간도 감정이 없는 채로 존재할 수 없다. 그리고 그 수많은
다양한 감정들은 계속해서 우리에게 무엇인가 중요한 것을
알려주고 있다.

　그 아이가 나중에 혹시 그림을 그리게 된다면 자신의
감정을 자유롭게 다루는 그림을 그리면 좋겠다는 생각이
들었다. 만약에 내가 그 아이의 그림을 보게 된다면 다시
슬며시 웃음이 나오겠구나 하고 잠시 생각했다. 반가워서.
기뻐서.

　감정에 대해 서로 즐거운 방식으로 얘기 나누는 걸
소통이라고 한다. 소통은 그냥 서로 아무 말이나 지껄이는
게 아니며 아무 감정이나 쏟아놓는 게 아니다. 쓸데없는
농담의 커튼 뒤에 숨으면 감정이 드러나지 않는다고 착각하는
사람들은 오히려 이상한 '감정 덩어리'가 된다. 감정은
드러나지 않을 수 없기 때문이다. 이제까지 감정을 표현하는
방법을 배우지 못했던 피해자들에게는, 이제야 감정 수업이

생겨나고 있다는 사실이 그저 아쉬울 뿐이다.

　우선, 질문을 받지 못하면 대답하기 어려운 게 감정일 것이다. 우리가 서로에게 가장 필요한 말은 '지금 감정이 어때요?'라는 말이다. 물론 어색하다. 익숙한 대화가 아니기 때문이다. 누가 언제부터 왜 그렇게 만들었는지 모르겠지만, 우리는 그런 질문과 대화가 부재하는 사회에 살고 있다. 그렇게 인간의 최소한의 권리를 지키기 위한 조건을 도려내 놓고 어떻게 우리가 '인간적'이기를 염원하겠는가?

　아이가 엘리베이터에서 내릴 때 아쉬웠다. 아이를 꼭 안아주고 싶었는데…… 무슨 얘기든 조금 더 하고 싶었는데…….

표현은 가장 솔직한
자기의 거울에서 출발한다

안현배

한 남자가 거울 앞에서 자신을 바라보고 있다. 오스트리아를 대표하는 화가 에곤 실레. 그는 오스트리아를 대표하면서 동시에 20세기 초반을 상징하는 예술가였다. 그의 그림 속 인물들은 단순히 그를 유명하게만 만든 것이 아니라 논란의 중심에 서게 할 만큼 파격적이었다.

그의 전시가 기획되기만 하면 수많은 사람들이 에곤 실레라는 이름에 끌려 그의 그림 앞에 선다. 논란과 호불호 속에서도 여전히 굳건한 작품의 존재감. 실레는 어떤 과정을 거쳐 시대의 아이콘으로 존재하게 되었을까?

에곤 실레가 오늘날 가장 인기 있는 화가 중 한 명인 것은 분명한데, 항상 논란을 불러일으킨다는 점이 특이하다. 그가 세상을 떠난 지 100년이 넘었지만, 그림 속 인물들은 여전히 도발적이며, 때때로 불편하기도 하다. 서른도 안 된 나이에 세상을 떠났기 때문에 활동했던 기간이 길지 않음에도 그의 그림들 하나하나가 사람들에게 각인되었다.

에곤 실레의 작품이 뿜어내는 에너지는 탄탄한 완성도와 자신감을 담고 있다. 동시에 그의 사생활은 우리 시대에도 여전히 논란거리다. 시간이 지나면서 작품이 서서히 고전의 반열에 오르고 누구나 인정하는 화가로 평가가 마무리되는 작가들과 달리 실레는 여전히 질문을 만드는 화가다.

그의 그림은 과감한 누드와 금기에 도전하는 연출이 단연 화제가 된다. 보통의 인물화 외에 스스로를 그린 자화상 역시 사람들의 눈길을 끈다. 자화상 속에서 에곤 실레는 '이상적으로 아름답게'라는 기존의 길보다 가장 솔직한 방법으로 자신을 표현했고, 강렬한 표정과 독특한 색깔, 불편한 포즈 등을 통해서 이미지를 만들어 냈다.

자화상은 큰 거울 앞에서 포즈를 취하고 거울을 보면서 그렸을 텐데 실레 본인의 얼굴을 정확히 묘사한 부분은 정작 안 보인다. 하나같이 고통이나 욕망이 번갈아 나타나며 그림을 마주한 사람을 쏘아보는 듯한 시선으로 그려진 것이 에곤 실레의 자화상이다. 있는 그대로 보이는 것이 아니라, 그에게는 캔버스가 두 번째 거울인 것처럼, 그리고 오히려 아무것도 없는 하얀 배경에 채워

넣는 자신의 얼굴만이 참된 본인이라는 듯이, 그의 자화상들은 그의 내면에서 감정들을 끌어내 폭발시킨다.

여전히 사람들은 에곤 실레의 작품 속에 표현된 인물들, 뒤틀리고 불편한 자세가 두드러지고, 심리적, 감정적인 에너지가 폭발하는 그림을 보고 "왜 이렇게까지 밀어붙이지?"라는 질문을 하게 된다.

이른 죽음 이후 한참 동안 잊혔다가 그가 재평가된 이유가 무엇인지, 또 사람들이 실레의 그림에 매혹되는 이유, 그의 그림들에서 우리가 발견해야 할 이야기들이 궁금하다. 우리에게 돌아왔을 뿐 아니라 이런 엄청난 존재감을 가지게 된 것을 보면 실레는 분명히 내면에 많은 것을 가진 사람일 테니 말이다.

우리는 이 사람에게서 무엇을 찾아야 할까?

에곤 실레, 「줄무늬 셔츠를 입은 자화상」
(1910년, 44.3×30.5cm, 레오폴트 미술관)

에곤 실레(1905년경)

화가의 가족
(왼쪽부터 에곤 실레, 누나 엘비레, 어머니 마리,
아버지 아돌프, 그리고 누나 멜라니)

에곤 실레, 「자화상」
(1911년, 27.5×34cm, 빈 박물관)

에곤 실레, 「꽈리가 있는 자화상」
(1912년, 32.2×39.8cm, 레오폴트 미술관)

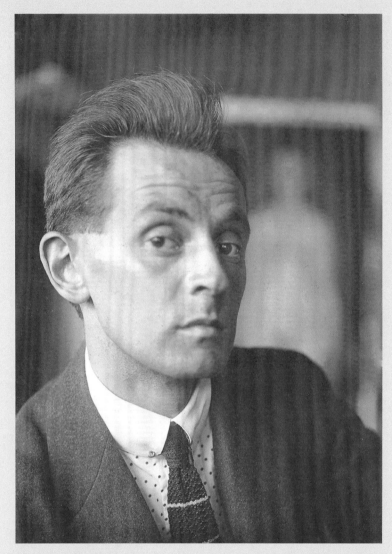

에곤 실레(1918년)

제국의
황혼

1판

1
오스트리아와 빈

안현배

에곤 실레는 오스트리아 빈에서 1900년을 전후하여 20세기 초반까지 활동했던 화가다. 그리고 그는 같은 시대에 빈에서 활동했던 클림트와 자주 함께 소개된다. 실레가 활동했던 빈은 오스트리아 전체보다 더 유명하다고 하는 게 맞다. 서양 고전음악의 성지라고 모두가 공인하는 이 도시에서 하이든과 모차르트, 베토벤과 슈베르트, 브람스 등이 활동했다. 지금도 빈 시립공원 중앙묘지에는 이 위대한 음악가들의 무덤이 한가운데 위치하여 그들의 위상을 증명하고 있다.

그런데 미술 분야에서는 상대적으로 이 음악가들에 비견할 만한 유명한 작가들을 찾기가 쉽지 않다. 음악의 너무 찬란한 빛에 가려서일까, 신성 로마 제국, 합스부르크가로 불리면서 중부 유

럼에서 유일하게 프랑스에 대항해 엄청난 존재감을 보였던 제국
이 미술에서는 뚜렷한 성과를 보이지 못한 것이 조금은 의아하다.

　이유를 찾자면 여러 방향의 분석이 가능하겠지만, 무엇보다
오스트리아 정부가 정책적으로 미술보다 음악에 전력으로 투자
했고, 전성기에 자국 영토에 해당했던 벨기에나 네덜란드, 이탈리
아와 스페인 화가들로 수요를 충당했기 때문에 오스트리아를 대
표하는 작가가 나타나기 힘들었다. 그래서 19세기 후반부터 활약
했던 구스타프 클림트와 빈 분리파 화가들, 그리고 에곤 실레로
이어지는 계보가 오스트리아인들에게도 더욱 의미 있고 소중한
것이다.

"빈 1900" 전시

　이제는 하나의 아이콘처럼 유명한 "빈 1900"이라는 문구.
2001년 빈의 뮤지엄 쿼터에 개관한 레오폴트 미술관은 설립자 역
할을 한 레오폴트 부부의 열정 덕분에 실레, 클림트, 코코슈카 등
1900년을 전후한 오스트리아 대표 예술가들의 방대한 컬렉션을
소장하고 있는 곳으로 유명하다.

　레오폴트 미술관이 빈의 문화와 예술을 종합적으로 조명
하기 위해 기획한 전시가 바로 「빈 1900 모더니즘의 탄생」이다.

(2023년 도쿄, 2024년 서울에서도 열렸다.) 빈이 예술과 철학, 과학 등 여러 분야에서 현대성을 탐구하던 중심지였던 시기를 다루면서 모더니즘의 의미나 과거와의 차이점 등을 보여주려는 전시로서, 오스트리아 모더니즘의 새로움은 대중에게 사랑받는 클림트, 실레와 함께 완성되기에 더욱더 성공한 기획으로 알려지게 되었다.

분리주의(Secession)

19세기 후반 합스부르크가의 쇠락으로 축소된 '오스트리아·헝가리 제국'은 유럽 시민 혁명에 이어 촉발된 민족주의와 국민 국가 설립에 대한 열망으로 본래의 위상을 잃고 있었다. 라이벌 프랑스에 비해 여러 민족으로, 또 그만큼 다양한 언어와 문화권으로 구성된 구조는 견고함이 부족했다. 하나의 가치와 통일된 이념을 가지지 못한 제국은 제국에 포함된 개별 민족들이 각자의 정체성을 찾고 오스트리아의 지배에서 벗어나면 스스로 무너질 수밖에 없었다.

오스트리아의 영향력이 예전 같지 않으리라는 것을 빈의 지식인들도 모두 알고 있었다. 이런 상황이다 보니 오스트리아 사회는 전반적으로 그 쇠락을 받아들이면서 자포자기하는 분위기였다. 유흥과 쾌락에 집중하거나 세기말적 데카당스가 대세를 이루게 된 것이 이 시기 빈에서 두드러진 현상이다.

사회적 갈등을 정치가 풀지 못하고 프랑스나 독일 같은 나라들이 힘을 키워 갈 때 반대로 자신들은 작아지는 상황에서 현실 도피적이거나 퇴폐적인 문화가 쉽게 받아들여진 것은 피할 수 없는 일이었다. 불안한 사회 현실을 잠시라도 잊고 싶어 하는 이들은 이제 카페에서 건설적인 토론을 하기보다는 '이 세상이 아닌, 지금이 아닌 상상'을 만들어 내려는 듯 보였다.

구스타프 클림트가 주창자인 분리주의는 아카데미즘으로부터의 분리를 의미한다. 미술이 전통을 지키고, 조화로운 아름다움과 질서를 가르치고, 국가의 미학적인 기반을 이어 가야 한다는 기조에서 벗어나 훨씬 더 자유롭고 개성적인 면을 강조하길 원하며 '전통으로부터의' 분리를 목표로 했다.

분리주의의 대표인 클림트는 단순히 유명한 그림을 그린 화가가 아니라 행동하는 예술가들의 구심점이었다. 더구나 클림트가 그려 내는 이미지들은 감각적이고 유려하고 직접적이었다. 고전적인 미술이 한 꺼풀 베일에 가려진 형식미를 갖추고 있는 데비해 클림트의 그림 속 인물들은 그림을 바라보는 사람을 꿰뚫어 보면서도 관능적인 아름다움이 넘쳐나 그 시대에 가장 잘 맞는 예술의 전형이 되었다.

클림트와 분리주의자들이 만들어내는 독특한 장식과 환상적인 황금색 배경, 기존의 규범을 깨는 도발적이고 실험적인 작품들에 오스트리아 사람들은 열광했다. 단순히 아카데미 전통과의 분리만을 주장한 것이 아니라 그들이 내놓은 새로운 답이 도시 곳곳에 건축과 장식으로 모습을 나타낸 것이 바로 1900년대의 빈이었다.

아이러니와 아이러니

1900년대의 빈은 모든 것이 모순적이고 혼란스러웠다. 역사는 발전하겠지만 오스트리아의 존재감은 점점 사라지게 될 터였다. 미래는 희망적일 수 있으나 오스트리아인들 자신들의 자리는 없을 수도 있었다. 지적이면서 인간 본성을 탐구하는 철학이 발전했지만, 인간의 욕망과 체념이라는 강력한 주제가 예술에 중요한 주제로 등장하면서 아름다움에 대한 기준이 하나로 정의될 수 없었다. 세기 전환기의 이러한 모순 속에서 빈의 문화는 반짝 풍성해져갔다.

비트겐슈타인과 프로이트가 내놓은 이론과 말러와 쇤베르크의 음악 실험, 슈니츨러나 카프카의 글들이 사람들에게 전해졌다. 사회가 혼란을 겪었다지만, 그 혼란 속에서 비롯된 다양성이 오히려 문화와 예술에서 가장 단기간에 엄청난 성과를 이뤄낸 것이다. 클림트가 이끄는 분리파에 합류한 실레는 이 오스트리아 황금 세대의 마지막에 해당하는 작가였다.

"빈 1900" 포스터

구스타프 클림트, 「조각에 대한 알레고리」
(1889년, 43.5×30cm, 오스트리아 국립 응용미술관)

구스타프 클림트, 「희망 2」
(1907~1908년, 110.5×110.5cm, MoMA)

구스타프 클림트, 「키스」
(1907~1908년, 180×180cm, 벨베데레 궁전 미술관)

에곤 실레, 「구스타프 클림트의 초상화」
(1913년, 48.1×32cm, 개인 소장)

2
거울 속에 비친 화가

안현배

1890년 빈 교외의 작은 마을 툴른에서 태어난 에곤 실레는 네 남매 중 셋째였다. 큰누나는 일찍 세상을 떠났다. 둘째 누나와는 네 살 차이였고, 유난스럽게 가까웠던 막내 게르티와도 네 살 차이였다.

실레의 성장기에 철도 공무원으로 일했던 그의 아버지 아돌프 오이겐 실레에 대한 이야기는 실레의 명성만큼이나 잘 알려져 있다. 그는 수입도 좋고 평판도 좋은 철도 공무원이었다가 매독성 치매가 발병해 큰 재산이 될 만한 많은 채권들을 불태우고 정신병으로 사망하여 남은 가족들을 비극적인 생활고로 몰아넣었다.

가족들을 건사해야 했던 어머니와 누나는 최선을 다해서 살아갔지만, 실레는 자신의 후견인이었던 외삼촌의 뜻에 반하는 미술학교를 선택하고 그마저도 오래 다니지 못했기 때문에 가족들과 관계가 좋지 않았다.

성장의 순간

실레는 아버지가 사망하기 전부터 혼자 그림 그리는 일을 좋아했다고 전해진다. 처음엔 자연스럽게 아버지 직업의 영향으로 기차 그림과 철도 풍경을 그리는 때가 많았지만, 자화상을 그리면서부터 스스로를 표현하는 데 조금씩 관심을 가졌던 것으로 보인다.

아버지 아돌프 오이겐이 세상을 떠나고 1년 뒤 미술 학교에 입학한 실레는 본인의 예상과는 달리 학교 방침으로 수업 과목이 제한된 환경에서 자유롭게 그림 작업을 할 수가 없었다. 이 시기 실레의 작업은 평범했지만, 그가 정말 그리고자 했던 주제에 대한 열망은 오히려 강해졌다고 스스로 이야기했는데, 그 주제가 바로 인간의 생명과 죽음에 관한 공포였다. 아버지의 생명을 빼앗은 매독이라는 병에서, 그리고 당시 오스트리아의 분위기 속에서 인간 본성에 깃든 욕망과 죽음의 그림자가 그에게 강한 인상을 남겼으리라는 것은 쉽게 짐작할 수 있다.

실레는 자신의 본능에서 나오는 직관을 표현하고 싶어 했고,

배우는 지식에 기대는 것이 아니라 자신의 순수한 눈으로 관찰하고 고뇌해야 본능과 직관에 충실한 예술이 나온다고 믿었다. 아직 아무도 주의 깊게 봐 주지 않는 미술 학교 학생으로서 실레가 답답함을 느낀 것은 자신의 목표와 교육의 방침이 많이 달라서였다. 학교에서는 실레를 비롯한 학생들에게 자유로운 묘사를 금지했고, 데생에만 집중할 것을 엄격하게 강요했다. 해부학과 원근법 등을 강조한 것은 학생들의 창의력보다 구조와 틀을 중요시한 당시 미술계의 풍토였다.

빈 국립 미술학교에서는 역사화와 종교화가 가장 중요한 예술의 장르라고 가르쳤다. 전통적인 표현 방식은 이미 정해져 있었던바, 지금 우리가 아는 에곤 실레의 그림들을 생각해 보면 이 젊은 학생이 얼마나 답답함에 시달렸을지 짐작할 수 있겠다.

학교라는 틀에서 벗어나려던 실레에게 분리주의를 이끌던 클림트의 존재는 새로운 탈출구가 되었다. 클림트와 분리파 예술가들을 만나고 크게 각성한 이후 실레는 스스로 학교를 자퇴하는데, 그것은 지켜야 하는 전통보다 본인의 내면에 있는 에너지를 그림으로 만들어 낼 열정과 자유가 더 중요하다는 사실을 깨달았기 때문이다.

에곤 실레, 「집들과 앙상한 나무들」
(1907년, 15.5×25.5cm, 레오폴트 미술관)

에곤 실레,
「자화상」
(1906년경, 45.5×34.6cm,
알베르티나 미술관)

에곤 실레, 「피아노 치는 레오폴트 치하체크」(1907년)

에곤 실레, 「죽은 예술가의 어머니」
(1911년, 45×31.8cm, 알베르티나 미술관)

에곤 실레, 「여동생 모아」
(1911년, 47.8×31.5cm, 레오폴트 미술관)

에곤 실레, 「주름 옷을 입은 게르티(여동생)」
(1910년, 55.1×34.7cm, 알베르티나 미술관)

젊은 작가의 탄생

실레와 마찬가지로 클림트에게도 미술학교의 전통에 대한 강조와 아카데미즘은 벗어나고 싶은 굴레였다. 모델을 스케치하고, 원근법을 배우고, 색채와 구성에 관한 오래된 논리를 답습하는 한편 전통 주제를 연구하는 이 패턴은 어떻게 해야 극복할 수 있을까?

프랑스에서 시작된 모더니즘 미술은 그려야 하는 것을 그리던 대로 그려 내는 것이 아니라, 화가 자신이 선택한 순간을 자신만의 방식으로 표현하려고 했다. 이는 예술의 목적을 정반대 방향으로 돌린 것과 같은 혁신이었다. 기술적인 부분의 완성도에 집중하는 것이 아니라, 자신의 시각이 얼마나 독특하고 자신의 표현이 얼마나 파격적인지가 예술의 가치를 결정한다고 믿는 것이었다.

전통적 예술 규범에서 벗어나는 것은 예술가 각자가 자유롭게 판단하는 것이다. 그리고 예술이 자연으로부터 영감을 받는다는 사실을 항상 인지하는 것이다. 각자의 개성을 중요하게 강조하는 분리주의는 즉시 자신들의 슬로건을 만들어낸다.

시대에는 그 시대의 예술을, 예술에는 자유를.
Der Zeit ihre Kunst, der Kunst ihre Freiheit.

그리고 각자의 자유로운 창의성이 빛을 발하도록 하기 위해 클림트는 다양한 분야의 예술이 가진 개성을 종합해서 새로운 장르가 되도록 밀고 가자고 생각했다. '토탈 아트(total art)'라고 부르는 이것은 그림과 건축, 음악과 연극 등을 총망라해 새로운 시대를 만들어 낸다는 목표를 설정했다.

빈의 여러 곳에 분리주의에 참여한 건축가들의 건축물이 새로 모습을 드러냈고, 클림트의 제안으로 '분리파 전당' 역시 1898년 완공된다. 하얀 벽과 황금색 나무 장식 등이 돋보이는 이 건물에서 분리주의자들은 혁신적이고 도전적인 전시회를 열었는데, 클림트가 직접 기획한「베토벤 프리즈」가 가장 큰 성공을 거둔다.

삼면의 벽에 베토벤 합창 교향곡을 모티프로 만들어진 클림트의 독특한 벽화가 위치하고, 가운데에는 제우스와 닮게 묘사된 막스 클링거의 베토벤 조각이 함께한 이 전시는 음악과 미술, 건축과 장식 등이 한자리에서 새로운 예술을 보여주는, 그들의 표현대로 '토탈 아트'의 표본이 되었다. 분리파 전당에서 이어진 전시를 통해 분리주의자들은 그들의 예술 색채를 다듬을 수 있었다.

클림트의 도움과 격려 속에 실레는 빠르게 성장했다. 두 사람의 예술적 관계는 실레의 1912년 그림「은둔자들(The Hermits)」에서 그들의 관계를 상징적으로 표현하며 드러나기도 했다. 이 작품은 두 인물이 어두운 색조의 옷을 입고 서로 포옹하는 모습으로, 실레와 클림트의 예술적 연대감을 강조했다.

구스타프 클림트, 「적대적인 세력, 티탄과 세 명의 고르곤」,
「베토벤 프리즈(Beethoven Frieze)」에서
(1902년, 217×639cm, 벨베데레 궁전 미술관)

구스타프 클림트, 「삶과 죽음」
(1910~1915년, 180.5×200.5cm, 레오폴트 미술관)

에곤 실레, 「은둔자들」
(1912년, 181×181cm, 레오폴트 미술관)

에곤 실레, 「공중 부양(눈먼 사람들 2)」
(1915년, 200×172cm, 레오폴트 미술관)

에곤 실레, 「시인」
(1911년, 80.5×80cm, 레오폴트 미술관)

인간을 가장 매혹하는 주제

누군가는 노골적이고 저급하다고 비난했지만, 클림트의 표현은 감각적이고 에너지가 넘쳤다. 인간의 육체적인 욕망과 삶과 죽음의 경계, 그리고 장식할 수 있는 모든 재료로 만들어 내는 화려함. 솔직한 표현에 기존 빈 예술계는 당황했고 비난을 쏟아 냈지만, 젊은 작가들에게 클림트가 끼치는 영향은 점점 커졌다.

클림트가 욕망을 드러내는 방식은 과감하고 창의적이어서 주목을 받았다. 클림트의 그림 속 여성들은 어떤 때는 악녀로서 언제든 우리를 유혹하고 파괴할 수도 있고 때로는 천사처럼 우리를 천상으로 데리고 갈 수도 있어 보였다.

클림트가 내놓은 "모든 예술은 에로틱하다.(All Art is Erotic.)"라는 도발적이고 무모한 선언 속에는 예술을 넘어서서 인간의 강력한 욕망을 순수하게 파악하려는 그의 생각이 들어 있다. 동시대에 지그문트 프로이트가 성 담론으로 심리학을 만들게 하고 클림트와 분리주의자들을 등장시킨 것이 모두 빈이라는 사실은 우연이 아니다.

클림트와 그의 후배들이 대중에게 받는 지지가 점점 커지면서 '분리주의'가 빈의 미술계를 대표하는 운동이 될 수 있었다. 이는 에로틱하게 표현할 뿐만 아니라 금기에 대항하고 전통을 반대하는 태도였다. 그 속에서 사회적인 제약이 깨지고 표현의 자유가

생겼다고 평가할 수 있을 만큼 분리주의가 만들어낸 변화는 획기
적이었다.

　그들은 인간을 가장 매혹하는 주제가 무엇인지 알고 있었고,
당시 빈의 문화에는 이 젊은 예술가들이 창작한 세계를 받아들이
고 즐길 만한 다양성이 존재했다.

실레와 클림트의 만남

　인간의 성, 삶의 열망, 죽음에 대한 공포 등 클림트와 실레가
자신들의 주제로 삼은 것들은 여러모로 비슷했고 사실은 흔한 이
야기였다. 주제 자체가 특이해서라기보다 그들이 주제를 다루는
방법의 독특함이 두 작가를 특별하게 기억하도록 해 준다고 보는
것이 맞겠다. 시대를 관통하는 이 두 사람의 첫 만남은 실레 나이
열일곱 살 때 이뤄진다.

　1907년 미술학교를 다니면서도 내내 존경하던 클림트를 마
침내 만나야겠다고 마음먹은 실레는 자신의 그림 몇 점을 챙겨 상
기된 모습으로 유명한 화가 앞에 나타났다. 한동안 이 젊은 화가
의 그림을 살펴보던 클림트가 제자가 되겠다고 말하는 실레에게
“제자보다는 동료가 맞다.”라고 말한 것은 언뜻 보면 넉넉한 선배
로서 클림트의 모습을 보여 주는 일화 같다.

사실 클림트는 실레의 그림 속에서 본인에게서 강한 영향을 받은 부분을 발견했으며 또한 자신의 스타일과 다른 에너지와 방향성이 있음도 분명히 느꼈을 것이다. 이후 클림트의 그림에서는 일정 부분 실레의 스타일에서 영향을 받은 점도 발견되는데, 실레의 세계관이 자신의 그것과는 다소 다르다는 것 또한 클림트는 바로 이해했을 것이다. 레오폴트 미술관이 소장한 클림트의 「삶과 죽음」은 1910년부터 무려 5년 동안 천천히 완성한 작품인데, 언제나 그렇듯 클림트의 화려한 표현이 눈에 띄지만, 부분 부분 실레와 비교될 만한 묘사가 선명하다.

　클림트도 실레에게서 영향을 받게 되지만, 역시 이런 종류의 만남은 신진들에게 큰 변곡점이 된다. 실레는 자신감을 얻고 자신의 스타일을 더 탄탄하게 만드는 데 매진한다. 클림트는 격려만 해 준 것이 아니었다. 실레의 초기 작품에 함께 참여했고 깊은 관계를 유지했던 모델 발레리 노이질(Valerie 'Wally' Neuzil)을 실레에게 소개해 주고 같이 일할 수 있도록 도와주기도 했으며, 실레의 작품을 비싸게 사 주거나 자신의 지인들에게 주목할 만한 신인으로 소개하는 등 지원을 아끼지 않은 점도 이 둘 사이의 각별함을 설명해 준다.

　뭔가 확신이 부족했던 실레에게 클림트와 함께한 시간과 그의 존재는 스스로에게 집중하게 하는 큰 에너지를 전했다. 이렇게 오스트리아는 에곤 실레라는 위대한 화가를 얻었다.

에곤 실레, 「발리 노이질의 초상화」
(1912년, 32×39.8cm, 레오폴트 미술관)

에곤 실레, 「막스 오펜하이머(오스트리아 화가)」
(1910년, 45.1×29.8cm, 알베르티나 미술관)

에곤 실레, 「파리스 폰 귀터슬로의 초상(오스트리아 화가)」
(1918년, 139.9×110.2cm, 미니애폴리스 미술관)

에곤 실레, 「흐고 콜러 박사」
(1918년, 140.3×110cm, 벨베데레 궁전 미술관)

에곤 실레, 「빅토르 리터 폰 바우어(예술 후원자)」
(1918년, 140.6×109.8cm, 벨베데레 궁전 미술관)

에곤 실레, 「요한 하름스(장인)의 초상」
(1916년, 140×110.5cm, 뉴욕 구겐하임 미술관)

에곤 실레, 「어린 조카를 안고 있는 에디트」
(1915년, 48.3×38.2cm, 보스톤 순수미술 박물관)

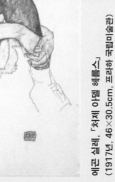

에곤 실레, 「처제 아델 헤름스」
(1917년, 46×30.5cm, 프라하 국립미술관)

에곤 실레, 「에디트 실레, 화가의 아내」
(1918년, 139.8×109.8cm, 벨베데레 궁전 미술관)

에곤 실레, 「가족」
(1918년, 150×160cm, 벨베데레 궁전 미술관)

에곤 실레, 「에디트(화가의 아내)」
(1915년, 183.7×114.7cm, 헤이그 미술관)

3
자기를 괴롭히는 감정들과
싸우는 과정

안현배

"유명한 미술관을 채우고 있는 수많은 작품들. 그 속에서도 저 멀리 실레의 그림을 보자마자 모두가 '아, 에곤 실레구나.'라고 한다. 그 특유의 표현, 강렬한 인상. 스물여덟 살에 세상을 떠난 작가가 이런 존재감을 가지는 것 자체가 경이롭지 않은가. 나는 에곤 실레를 볼 때마다 천재란 이런 것이구나라고 생각한다."

대학원 시절, 같이 수업하던 동료가 발표에서 했던 실레에 대한 평가는 이렇게 간단하지만, 쉽게 이해가 되는 설명이다. 천재라는 말은 참 흔하고 이젠 힘이 없는 것처럼 보이지만, 실레의 작품이 걸린 어떤 미술관에서도 비슷한 인상을 받는 것은 틀림없다.

인물들의 뒤틀린 듯한 포즈, 공허한 눈빛 혹은 도전하듯 꿰

뚫어 보는 시선, 노골적으로 거침없이 드러내는 몸, 때때로 그리
지 않고 비워 놓은 공백과 대비되는 격렬한 붓 터치의 강렬한 색
채. 실레의 그림이 눈길을 잡아끄는 힘은 그가 천재라고 말할 수
밖에 없도록 만든다.

왜 이런 표현을 계속했던 것일까?

  현재 실레의 자화상은 120점 정도 남아 있다. 자화상들 역시
때때로 공격적이고 도발적인 표현을 보이지만, 비교적 얼굴 표정
자체에 집중하는 경우가 많아서 그나마 자주 소개되는 편이다. 실
레의 자화상은 단순한 자기 묘사가 아니라 그의 심리 상태, 존재
론적 고뇌, 자아 탐구를 표현한 작품들로 평가받기 때문에 그를
알기 위한 중요한 계단 같은 역할을 한다.
  실레의 그림에서 처음에 드러나는 강렬함은 색채와 붓 터치
의 힘에서 출발하는 경우가 많지만, 감상하는 사람의 눈에는 곧
뒤틀리거나 고립된 느낌의 주인공이 들어온다. 실레의 그림에서
일반적으로 보이는 것은 신체에 대한 왜곡이다. 팔과 다리, 그리
고 몸 전체를 봐도 불편하게 뒤틀려 있는 이 모습은 여태 전통적
인 서양 미술에서는 보이지 않던 특이한 표현이다.
  이를 밀어붙이며 실레는 생애 동안 끊임없이 인간의 모습을

관찰하고 다양한 감정 상태를 실험적으로 표현했으며, 이를 통해
인체의 왜곡과 심리적 긴장감을 극대화하려고 시도했다.

예술가가 발견한 인간의 내면

오랫동안 미술의 가치는 교육적인 것을 전하는 데 있었다.
성경을 전하는 종교 미술, 미학적인 아름다움을 표현하는 예술품
이 존재하는 목적은 그 아름다움과 가치를 공유하는 것이었다. 공
동의 가치를 전달하는 교육의 이념이 담긴 예술은 어렵거나 어둡
지 않다. 그러나 절실하게 파고들어 답을 구하지도 않는다.

역사의 발전에서 개인의 존재가 중요해진 것은 시민 혁명 이
후 유럽이 겪은 과정이다. 그 속에서 예술 역시 학습이 아니라 표
현을 중시하는 쪽으로 변화했다. 개인의 시각 차이, 내면의 감정
이 중요한 표현 주제로 들어서게 된 것이다.

클림트의 성공은 인간의 욕망을 중심에 두고 그의 작품 속에
서 욕망을 느끼게 하는 존재와 그것에 매혹되는 우리를 탁월하게
연결한 그의 연출력 덕분이었다. 그로써 그때까지 그 정도로 노골
적인 상황을 만들지 않았던 예술계에 충격을 주었고, 관습적인 예
술을 지루해 하던 사람들을 매혹했다.

그런데 클림트가 그만의 방식으로 에로티시즘을 해석하고

장식과 결합된 독특한 미학을 만들어 낸 것과 실레의 스타일 사이에는 선명한 차이가 존재한다. 육체의 욕망 못지않게 죽음에 대한 공포와 인간 존재에 대해서도 고민했던 실레는 어둡고 깊고 고통스러운 감정을 자기 그림에 표현하려고 애썼다. 그의 그림 속 인물들은 누구도 황홀하고 아름다운 순간에 머물지 않으며, 갈망하지만 실패하는 듯, 함께해도 고독한 듯 보인다.

존재감을 뿜어내는 단독 초상화에서도, 떨어지지 않으려는 한 쌍의 연인을 그린 그림에서도 인물들은 언제나 죽음의 색깔과 함께 그려져 있다. 장식이 화려하고 아름답게 묘사된 곳이 아니라 고립되고 외로운 곳에서 실레는 자기를 괴롭히는 감정들과 싸우는 과정을 예술로 만들어 내려 했다. 본인에게 절실한 것을 가장 솔직하고 가장 파괴적인 방법으로 묘사한다는 실레의 세계관이 만들어 낸 인물들은 왜곡된 신체와 강렬한 표정으로 인간의 고통, 불안, 욕망 등을 드러낸다.

우리가 여태 이런 얼굴을 감추고 있었는가 싶을 만큼 그 불편하고 격렬한 묘사는 우리의 시선을 단번에 사로잡고 문득 궁금증을 품게 만든다. 인간이 느끼는 복잡한 감정과 심리적인 혼란을 실레처럼 이토록 대담하게 파고들었던 사례가 이전에 있었을까? 실레의 붓으로 그려진 인물들이 자유를 갈망하던 젊은 작가의 내면에서 태어난 것을 느끼는 순간, 우리도 이 외로운 고민에 공명하게 된다.

에곤 실레, 「앉아 있는 연인」
(1915년, 52×41.1cm, 알베르티나 미술관)

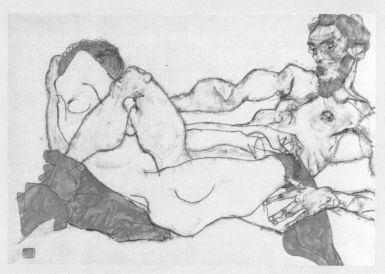

에곤 실레, 「연인」
(1913년, 31.8×48.2cm, 알베르티나 미술관)

에곤 실레, 「관계를 맺고 있는 남녀」
(1915년, 49.6×31.7cm, 레오폴트 미술관)

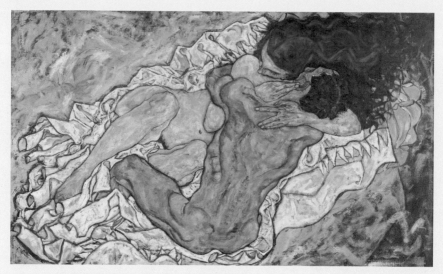

에곤 실레, 「포옹(연인들 2)」
(1917년, 100×170cm, 벨베데레 궁전 미술관)

비워진 공백 속의 이야기

실레의 작품에서 비워진 부분, 즉 그림이 그려지지 않은 공백을 대하면 마치 그가 동양화에 관심을 가지다가 동양화의 논리를 이해한 것처럼 보여 신기할 때가 있다. 그림의 공백은 마치 미완성인 것처럼 보이는데, 그 때문에 그림을 바라보는 감상자가 그림 속 인물에 더 깊게 몰입하도록 유도하고 있다고 평가된다. 그림의 일부를 비워 놓음으로써 그림을 보는 사람이 그림에 더 가까이 다가가게 만들고, 그 공간에 호기심을 느끼거나 더 주목하게 만드는 역할을 한다는 것이다.

물론 이런 해석은 다소 과장되게 실레를 영웅처럼 만드는 부분이 있지만, 인물화든 풍경화든 실레가 여백을 남겨 놓고 끝낸 작품이 많아서 이 공간을 이용해 사람들의 이목을 더 끌려고 했다는 것은 일정 부분 분명한 사실이다.

그 결과 실레의 작품을 보는 사람들은 그 빈 공간을 채우기 위해 더 오랫동안 그림을 바라보게 되고, 인물이나 풍경에 담긴 감정적 의미를 스스로 상상하게 된다. 실레는 이러한 방식을 통해 관객들이 자신의 그림에 대해 더욱 깊이 생각하고 느끼게 만들 수 있었을 것이다

에곤 실레, 「창문들이 있는 벽」
(1914년, 111×141cm, 벨베데레 궁전 미술관)

에곤 실레, 「빨래 널어놓은 집들」
(1914년, 99×119cm, 아르노트 갤러리)

에곤 실레, 「초승달 모양을 이룬 집들(아일랜드 타운 2)」
(1915년, 110.5×140.5cm, 레오폴트 미술관)

4
감정 전달이 중요한
표현주의 풍경화

안현배

인물화보다 많이 알려지진 않았지만 실레에게는 풍경화 역시 각별히 중요하다. 체스키 크룸로프(Český Krumlov) 같은 작은 마을들, 강가의 풍경, 그리고 나무와 꽃 같은 자연 요소들이 등장하며, 이를 통해 생명 주기와 인간의 감정적 변화를 시각적으로 표현하는 에곤 실레의 그림들은 풍경화라고 부르기는 하지만, 자연에서 흔히 나타나지 않는 색깔을 쓰고 인물화에서만큼이나 왜곡된 표현으로 묘사한 것을 보면, 실레가 바란 것은 실제 풍경을 그대로 재현하는 게 아니라는 점은 분명하다. 인물화와 함께 그의 풍경화도 이렇듯 감정의 전달이 중요한 표현주의 작품으로 불리게 된다.

실레의 풍경화를 이해하기 위해서는 그가 클림트 말고도 중요한 선배 예술가들에게 크게 영향을 받았던 점을 살펴야 한다. 1906년 빈의 미트케(Miethke) 갤러리에서 빈센트 반 고흐의 전시가 개최되는데 거기에는 아직 사람들에게 익숙하지 않았던 그의 작품들도 포함돼 있었다. 고흐 작품과의 만남에서 실레는 깊은 충격을 받았다. 고흐는 자신만의 풍경화를 그리기 위해 형태와 색채를 왜곡하는 것을 두려워하지 않았다.

고흐는 후기 인상주의에 속한다고 하지만 표현주의의 선구자이기도 하다. 「별이 빛나는 밤」이나 「씨 뿌리는 사람」 등의 작품에 보이는 휘몰아치듯 움직이는 천체와 파격적인 묘사는 그림에 자신의 영혼을 담았다는 그의 말에 저절로 수긍하게 만든다. 실레 역시 거기서 풍경화의 새로운 가능성을 본 셈이다.

표현주의란 형태를 정확하게 묘사하기보다 자신만의 세계를 그리기 위해서 자유롭고 거칠게 내면의 에너지를 표현하는 것이 목적인 예술 운동이었다. 독일과 북유럽에서 유행했지만, 엄밀히 이야기하면 프랑스의 야수파도 이 표현주의와 철학이 같다고 할 수 있다.

고흐의 그림에 드러나는 감정을 담은 풍경, 강렬한 표현, 두껍게 덮인 색깔과 붓의 힘에 에곤 실레는 매료되었다. 처음에는 풍경에서 나중에는 인물에서도 실레는 이런 과감한 표현을 시도했다. 뒤이어 1909년에도 빈에서 열린 쿤스트샤우 빈(Kunstschau Wien)이라는 전시에 클림트의 초청을 받아서 그 자신도 작품을 출품해 참가한 에곤 실레는 여기서 다시 한번 고흐와 함께 에드바르 뭉크와 얀 투롭의 작품도 접하게 되었다.

인물을 그릴 때 목표가 생의 고통과 죽음, 욕망 등에 관한 것이었을 때와 마찬가지로 풍경화에서도 독특하고 매력적인 색감과 구성 등 그의 예술관이 이어지고 있음이 발견된다. 가을의 황량한 나무들이나 텅 빈 도시 장면들이 독특한 색감 아래 연결되어 있는바, 실레는 자연의 변화와 죽음, 그리고 죽음 이후에 이어질 재생에 대한 관심을 상징적으로 묘사했다.

그의 그림 속에 나타나는 쓸쓸한 무게감은 실레 내면의 고민이었다. 고흐가 그랬던 것처럼 실레도 본인의 방식으로 자연과 인간 존재에 대한 탐구를 그려 내려 애썼다.

반 고흐, 「별이 빛나는 밤」
(1889년, 73×92cm, 뉴욕현대미술관)

반 고흐, 「씨 뿌리는 사람」(1888년)

반 고흐, 「해바라기꽃」
(1889년, 37.4×73cm, 반고흐 미술관)

에곤 실레, 「프란츠 마틴 하버디츨의 초상화」
(1917년, 140×110cm, 벨베데레 궁전 미술관)

에곤 실레, 「해바라기들」
(1911년, 90×80.3cm, 벨베데레 궁전 미술관)

에드바르 뭉크, 「태양」
(1910~1911년, 44.7×77.5cm, 뭉크 미술관)

에드바르 뭉크,
「담배를 들고 있는 자화상」
(1895년, 110×85.5cm,
노르웨이 국립미술관)

에곤 실레, 「나무 네 그루」
(1917년, 11×140.5cm, 개인 소장)

에곤 실레, 「가라앉는 태양」
(1913년, 90×90.5cm, 레오폴트 미술관)

에곤 실레, 「큰까마귀들이 날아다니는 풍경」
(1911년, 95.8×89cm, 레오폴트 미술관)

5
예술을 위한 예술?

안현배

1912년 노이렌바흐 교도소에 수감되었던 에곤 쉴레의 혐의
는 미성년자인 타틸라라는 소녀를 데리고 온 것에 관한 유괴죄와
도덕적이지 않은 그림을 그리고 그것을 미성년자가 볼 수 있는 곳
에 방치한 점이었다. 그동안 오랫동안 쉴레를 따라다니던 소문,
즉 어린 소녀들을 모델로 음란한 그림을 그렸다거나 그들을 성적
으로 착취했다거나 하는 수근거림이 파다했었다.

3주 동안 구류를 살았던 에곤 쉴레에게 법원은 유괴에 관해
선 증거 불충분으로 무죄를, 에로틱한 그림을 그렸다는 사실에 관
해서는 유죄를 선고했다. 이미 감옥에 갇혀 있던 시간은 형벌에서
감했지만, 그의 그림 하나를 태우는 것으로 처벌을 마무리했다.
판사의 이 결정이, 당시 기준에서는 에곤 쉴레가 저지른 일에 비

하면 너무 관대했다고 볼 수 있다.

20세기 오스트리아 사회에서 노동자 계급의 아이들에 대해서는 인권 개념이 없었지만, 이웃 사람들이 신고할 때까지 수차례 걸쳐 성적 착취로 의심되는 일이 벌어진 터라 에곤 실레가 화가가 아니었다면 보다 더 엄한 선고를 받았을 것이다. 결론적으로 사회적인 물의를 빚었던 사건임에도 불구하고 재판부는 신중하게 예술가에 대하여 표현의 자유를 보호한 셈이다.

실레 본인은 이 판결에 항의하고 이후에도 내내 작가의 자유가 공격받았다고 비난했지만, 본인도 이후에는 대상을 선택할 때 조심하게 되었다. 1900년대 오스트리아에서는 예술과 표현의 자유에 대한 아량이 있었기 때문에 실레가 보호받은 측면은 분명하다.

그리고 이 재판은 또한 시대의 한계를 여실히 보여준 사건이기도 하다. 그래서 실레의 작품에서 시대의 간격과 경계선을 뛰어넘는 지점은 우리 감상자들이 고민해야 할 부분임에 틀림없다. 예술을 위해서라고 해도, 모든 것이 예술이라고 허용되어서는 안 된다는 것을 현대의 우리는 알기 때문에 더욱 그렇다.

에곤 실레, 「검은 머리의 소녀」
(1910년, 56×32.5cm, 알베르티나 미술관)

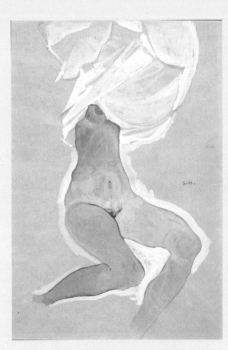

에곤 실레, 「셔츠를 벗고 있는 소녀」
(1910년, 44.7×32.7cm, 알베르티나 미술관)

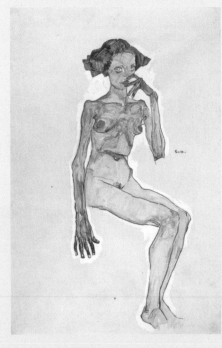

에곤 실레, 「앉아 있는 소녀」
(1910년, 55.8×37.2cm, 알베르티나 미술관)

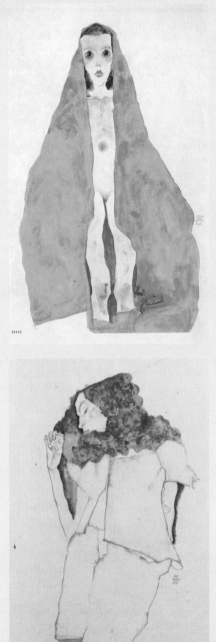

에곤 실레, 「노란 천을 뒤집어쓴 어린 소녀」
(1911년, 48.2×31.5cm, 알베르티나 미술관)

에곤 실레, 「자고 있는 소녀」
(1911년경, 44.5×31cm, 알베르티나 미술관)

에곤 실레, 「두 명이 앉아 있는 어린 소녀들」
(1910년, 41.3×32cm, 알베르티나 미술관)

에곤 실레, 「쪼그려 앉아 있는 소녀」
(1910년, 45.1×31.7cm, 빈 미술 아카데미)

에곤 실레, 「치마를 걷어 올린 검은 머리 소녀」
(1911년, 55.8×37.9cm, 레오폴트 미술관)

에곤 실레, 「긴 상의를 입은 소년」
(1910년, 44.9×31.2cm, 알베르티나 미술관)

에곤 실레, 「두 소년의 뒷모습」
(1910년, 45×27cm, 알베르티나 미술관)

에곤 실레, 「껴안고 있는 소녀들」
(1914년, 48×31.2cm, 레오폴트 미술관)

에곤 실레, 「나는 기꺼이 예술과 내가 사랑하는 이들을 참아낼 것이다」
(1912년, 47.9×31.9cm, 알베르티나 미술관)

6
에곤 실레가 재발견되기까지

안현배

추축국으로서 1차 세계대전에서 독일과 함께 패전한 결과, 오스트리아는 전성기의 영토를 거의 모두 잃고 존재감도 사라진 작은 국가로 전락했다. 2차 세계대전을 일으킨 독일에 강제로 병합되어 참전한 이후로 전쟁 말기에 영세 중립국을 선언하며 오스트리아는 다시는 전쟁에 의해 주권을 침탈당하지 않겠다는 의지를 보여준다.

어려운 시기를 거치고 예전의 지위를 잃은 작은 나라로 존재하는 동안 오스트리아 예술가들의 위상도 같이 하락했다. 오랫동안 동서로 분열되어 이념 대립을 하던 유럽에서 동구 공산 국가들과 국경이 붙어 있는 오스트리아는 외교 협상의 무대는 될 수 있었으나, 음악을 제외한 예술은 침체기에 접어들었다.

오스트리아 주변의 분위기가 바뀐 것은 1980년대 말 동구권이 몰락하고 경제 발전과 함께 동서 간 교류가 점차 활발해졌을 때였다. 사람들이 빈과 오스트리아를 방문하는 것은 이곳이 관문 역할을 하는, 자유로운 서방 세계로 들어가는 첫 지역이라는 이유에서였다. 오스트리아에 들르는 사람들은 클림트와 실레를 재발견하려고 1970년대부터 노력했던 오스트리아인들의 노력에 상응하는 관심을 보여 줬다. 오랜 기간 잊혔던 빈의 예술가들이 다시 사람들 사이에서 화젯거리가 되었다. 그리고 그 간판에 클림트와 실레가 그려진 것은 그들의 파격성과 존재감이 사람들의 마음을 움직였기 때문이다.

실레는 전쟁 이후 미술 애호가들에 의해서 그 작품이 수집되고 전시되었으며, 동구권 몰락 이후 여행이 활성화된 시기와 맞물려 오스트리아를 대표하는 작가에서 더 나아가 1900년, 세기 초의 유럽 모더니즘을 읽도록 해 주는 예술가로 올라섰다.

예술가의 내면세계가 감상자에게 솔직하게 전달되려면 예술가에게는 얼마나 많은 훈련이 필요한가. 그리고 그것이 우리 눈을 잡아끄는 매력을 갖는다는 것은 또 얼마나 어려운 일일까? 실레의 그림은 파격적이고 인상적이며 에로틱하지만 고민이 가득하다.

실레에게 가장 중요한 것은 자신이 인간의 본질에 접근하는 문제였다. 인간의 욕망과 공포가 어떻게 인간 심리를 뒤흔드는가를 그려 내는 것이었다. 실레의 작품에서 전해지는 에너지는 그 근원적인 열망을 위해 했던 실험의 결과이고, 그는 그것을 가장 솔직한 방법으로 표현한 작품들을 남겼다.

1900년대 초반 오스트리아는 격변 속에서 사라지는 운명의 제국이었고, 그 속에서 욕망하는 주체로서 개인이 죽음이라는 소멸 과정과 맞닥뜨리는 것은 가장 절실한 일이었다. 실레의 그림에서 현란함으로 그 쓸쓸함을 덮어 버린 클림트의 아름다운 장식성은 얼마 지나지 않아 걷히고 점차 본질만 드러났다. 우리가 실레의 작품을 보고 느끼는 퇴폐적이고 처절한 진동은 그 시대의 공기를 짐작하게 해 준다. 더불어 실레라는 작가의 순수한 매력 또한 그의 작품들 속에서 당연히 기억된다.

기술을 익히기 위해 수없이 많은 연습을 하고 단계를 밟아 예술의 거장이 된 고전 작가들의 세계는 분명히 그 나름대로의 가치가 있지만, 용기와 과감성과는 다소 거리가 멀다. 개인의 특성이 중시되는 현대에 들어 자기에 대한 표현은 바로 여기서 방향 전환을 맞았다.

실레는 그 누구보다 강렬한 힘으로 자기를 솔직하게 표현하는 작업을 꾸준히 해낸 예술가다. 자기애가 강했다 해도 그렇게 인상적인 작품들을 쌓아 나가는 데는 당연히 그것을 지탱하는 열정과 용기가 필요했을 것이다.

우리는 작가의 진심을 느끼려면 그림 앞에서 얼마나 더 가까이 다가가야 하느냐는 질문을 받곤 하는데, 실레의 그림이 주는 강렬함은 우리를 도리어 튕겨 나가게 할 만큼 그 존재감이 탁월하다. 캔버스를 넘어서는 실레 자신과 자신의 모델들. 실레의 그림에서 드러나는 생동감은 자신을 드러내는 데 주저함이 없었고 끊임없는 연습으로 강렬함을 만들어낸 어느 천재의 기록이다.

방향을 본인으로 돌려 자기 안의 에너지를 들여다보고 드러내는 용기, 그 누구보다 강렬한 힘으로 자기를 솔직하게 표현하는 데 주저하지 않았던 적극적이고 주장 강한 작가의 내면. 20세기 초반이 이것을 품었다는 점이 우리에게 신기하게 다가온다.

에곤 실레, 「찡그린 자화상」
(1910년, 45.3×30.7cm, 레오폴트 미술관)

에곤 실레, 「누드 자화상」
(1910년, 44.9×31.3cm, 레오폴트 미술관)

에곤 실레, 「얼굴을 찡그린 누드 자화상」
(1910년, 55.8×36.7cm, 알베르티나 미술관)

에곤 실레, 「손을 뻗은 자화상」
(1911년, 52.5×28cm, 레오폴트 미술관)

에곤 실레, 「자화상」
(1910년, 45×31.8cm, 알베르티나 미술관)

에곤 실레, 「앉아 있는 남성 누드(자화상)」
(1910년, 15.25×15cm, 레오폴트 미술관)

에곤 실레, 「팔을 뻗은 자화상」
(1911년, 48×31.7cm, 알베르티나 미술관)

에곤 실레, 「흰옷 입은 자화상」
(1911년, 48.2×31.9cm, 알베르티나 미술관)

예술가의 역할

2판

1
예술가의 상상력은
새로운 미래를 열어젖힌다!

박신양

우리는 예술가의 표현에서 무엇을 보고자 하는가?
강요받는 모든 진부함에서 벗어난 자유를 보고 싶다. 다른
세상에 사는 사람의 표현을 보고 싶어 한다.

정해진 시간에 허기만 채우고는 스스로 만들어낸
투우장으로 나아가서 캔버스와 마주한다. 오늘 승부가 날지
내일 날지, 아니, 언제 승부가 날지 모른다. 확신이 오는
순간을 기대하며 소에게 다가가는 투우사처럼 캔버스를
마주한다. 그러나 나의 투우장에서는 사람들의 소리가 들리지
않는다. 내 발이 모래에 끌리며 조심스럽게 다가가는 소리만
들릴 뿐이다.

그리고 그 모래 위로 땀이 한 방울 떨어져 스며든다. 그 소리마저 북을 울리는 신호처럼 커다랗게 들린다. 그때부터 나의 심장은 쿵쾅거린다. 흥분해서 씩씩대고 있는 저 소에게 나의 심장 소리가 들릴지도 모른다는 생각이 든다. 소는 적어도 내가 먼저 움직이기를 기다린다는 점에서는 그만큼 관용적이다. 내 심장 소리가 소에게 들려도 상관없다. 오히려 소가 그 소리를 들었으면 좋겠다. 하지만 소가 먼저 나를 공격하는 일은 없다.

어느 순간, 소가 그 소리를 들었는지 육중한 발굽으로 모래를 한 번 걷어 내는 걸로 응답한다. 큰 숨을 한 번 내쉼으로써 나에게 선전포고를 한다. 지금 너에게 달려들겠다고. 비록 내가 자신의 목숨을 노리는 자라는 것을 알지만 소는 투우사에게 그 정도의 예의를 보여줄 자세만큼은 유지할 수 있다.

소는 관용적이다. 어찌 보면 소는 자신을 죽이겠다고 온갖 짓을 벌이고 있는 사람보다 더 관대하다. 소에게 선택은 두 가지뿐이다. 그러고 싶지 않더라도 투우사를 죽게 만들어서 저 미친 짓을 멈추게 하거나, 아니면 스스로 죽임을 당하거나. 소는 그것을 알고 있다. 단 두 가지 선택지가 있을 뿐이라는 것을.

투우사도 응답한다. 소가 달려든다. 순식간이다. 저

뿔에 받히면 죽든지 아니면 절벽에서 떨어지게 된다. 화가의 투우가 다른 점은, 재밌게도 절벽 끝에서 한다는 점이다. 화가는 소에 받혀도 죽고 발을 헛디뎌도 죽는다. 설령 소에게 받혀 죽지 않더라도 소와 함께 굴러떨어져 죽을 수도 있다.

소와 투우사 사이에 적막이 흐른다. 그렇게 캔버스와 표현자는 매일 식은땀이 흐르는 팽팽한 영원의 시간을 사이에 두고 만난다. 이것은 삶을 위한 선택인지 죽음으로 향하는 선택인지 모를 일이다. 둘 다이기도 한 것 같다. 이 길에는 절망적이면서도 묘하게 짜릿한 느낌도 동시에 있다. 바로 그러한 떨림이 표현의 모든 행위에 들어 있다.

이제 눈에 보이는 것들은 이미 그것이 가진 흔히 객관적이라고 말해지는 의미들을 상실해 가기 시작한다. 의자는 더 이상 의자가 아니며 탁자도 더 이상 탁자가 아니며 소파도 더 이상 소파가 아니며 전등도 벽도 창문도 예전의 전등과 벽과 창문이 아니다. 모든 대상은 다른 무엇으로 변해 간다. 지금 눈에 보이는 것들의 세상이 아닌 다른 세상을 만들고자 하는 상상력이 작용하기 때문이다. 거기에는 저 밑바닥에서부터 끓어오르는 어떤 힘에 대한 인식을 유지하고 끄집어내야 하는 수고로움이 동반된다.

엄청난 애씀. 그러한 애씀을 철저하게 받아들이고 인정하고 믿을 수 있는 힘. 그리고 오랫동안 의심을 유지하고 확신할 수 있는 에너지. 누군가의 눈에 무모해 보이는 확신을 어디선가부터 지지받을 방법들을 동원해야 하는 노력들. 그리고 나 자신이 스스로의 움직임을 믿지 못한다면 그 누구도 믿을 수 없다. 그렇다면 스스로를 끌고 나갈 수 있는 힘은, 믿음은, 그것의 지속력과 확신은 어디에서 나오는가?

그 움직임은 여러 가지 근거에 바탕을 둔다. 내 생각, 느낌, 감정, 추구, 소망, 절망, 좌절, 궁금증, 본능, 해방, 자유……. 내가 기억하지도 못할 만큼 어린 시절에 겪었던 일들, 내가 말과 글로 표현하지 못할 만큼 복잡한 여러 가지 생각들. 그렇다, 그것들이 다 나를 이루고 있는 것들이 맞다.

또 무엇이 있을까? 이제는 내가 더 이상 기억하지 못하는 시간들에 속한 어떤 것들이다. 훨씬 더 오래전에 나를 만들어왔던 결정적인 요인들. 나의 부모로부터 물려받은 어떤 것들. 그리고 나의 부모가 다시 그분들의 부모로부터 물려받아서 몸속에 차곡차곡 쌓여 나를 결정짓는 성질들. 그리고 또다시 시간을 더듬어서 올라가다 보면 나를 결정짓는 요인들이 생각보다 아주 더 먼 곳으로부터 왔으리라는 짐작을 어렵지 않게 해볼 수 있다. 나는 그것들을 어떻게 기억해 낼 것이며 어떻게 다룰 것인가? 나 자신을 소재 삼아 분석하고 다룬다는 것은 그런 것일 텐데 말이다.

나는 내가 어느 시대에 살았든 간에, 어떤 사람이 한평생 겪었고 그 시간들 동안 집중해서 생각했던 것들이 내 몸속 깊숙한 곳에 들어 있다는 것을, 적어도 상상할 수는 있다. 그리고 상상을 믿지 않는다면 특별히 의미는 없다. 온전히 믿지 않는다면 행동으로 이어지지 않을 테니까.

또 무엇이 있을까? 있다. 그것은 아직 일어나지 않은 것들이다. 상상과 감각을 총동원한다는 건 과거를 추적하는 것만으로는 부족하다. 미래를 현재로 소환해 내는 것도 가능해야 한다.

그렇다, 행동으로 연결되는 상상이 있고, 그러지 못한 채 버려져 흐물거리며 물러나는 상상이 있다. 그리고 우리는 작가와 작품, 그림과 그림 속의 진동을 통해 작가의 상상력이 어떻게 움직이고 있는가를 머리가 아니라 감정과 감각으로 보는 것이다.

감사하게도, 우리에게는 한계가 정해지지 않은 감각이라는 선물이 주어졌다. 우리의 감각은 동물적이기도 하고 식물적이기도 하고 영혼적이기도 하고 우주적이기도 하고 초월적이기도 하다.

내가 알지도 못하는 여러 사람들을 통해 내 몸 안에서 나를 이루고 있는 어떤 것들을 찾아내는 일에는 감각이 좀 필요해 보인다. 그게 아니라면 그 많은 경험을 다 어디서부터 어떻게 이해할 수 있다는 말인가? 우리가 감각으로 타인의 시각과 체험을 겪지 않는다면 세상의 그 모든 것들을 직접 경험해야 비로소 '나는 이것을 알고 느낄 수 있다.'라고 말할 수 있지 않겠는가.

그래서 감각은 무엇보다 중요해 보인다. 감각은 수동적인 위치에 머물러 있어야 할 것으로 보이지 않는다. 감각은 보다 적극적인 의미를 가질 필요가 있어 보인다.

우리는 예술가의 표현에서 자유의 움직임을 보고 싶어 한다. 우리가 보고 있는 세상이 아닌 다른 세상을 향한 표현. 온갖 방법으로 우리의 눈을 근시안적으로 고정하도록 강요받는 이 세상의 모든 힘으로부터 벗어나 우리의 시선과 시점을 다른 세상으로 인도할 수 있는 그런 표현을. 이러한 방식으로 예술가가 우리를 상상으로 이끄는 힘이 그의 표현에 들어 있기를 바라는 것이다. 우리는 그 상상을 통해 우리가 처한 물리적 한계를 넘어서기를 바라는 것이다.

박신양, 「얼굴 4」
(2022년, 벽지에 아크릴, 116.8×91cm)

박신양, 「자화상 4」
(2018년, 162.2×130.3cm)

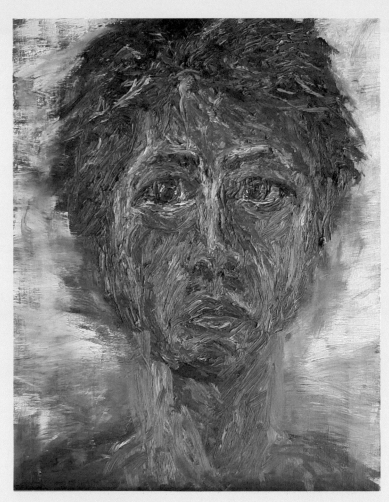

박신양, 「자화상 2」
(2016년, 65.1×53cm)

박신양, 「투우사 3」
(2017년, 227×182cm)

박신양, 「투우사 4」
(2022년, 240×200cm)

박신양, 「에곤 실레 3」
(2018년, 90.9×72.7cm)

박신양, 「에곤 실레 1」
(2018년, 90.9×72.7cm)

박신양, 「에곤 실레 2」
(2018년, 90.9×72.7cm)

에곤 실레, 「자화상」
(1912년, 42.2×33.7cm, 레오폴트 미술관)

2
모든 위선과 가식으로부터
자기 존재를 분리하라!

박신양

사람들이 있다. 저마다 옷으로 알몸을 가리고 직업이
마치 자기 자신인 것처럼 걸어간다. 그리고 그렇게 굳어진
채로 살아간다. 장폴 사르트르는 말한다. 직업은 자신이
아니라고, 모든 위선과 가식으로부터 자기 존재를 분리하고
동떨어져서 바라보는 수고를 외면하지 말라고, 그리고 그
수고를 다른 온갖 시도들, 즉 자신을 기만하려는 습성과
노력에 비해 소홀히 하지 말라고.

사람들은 언어를 통해 의미를 규정하려는 것처럼
저마다 입은 옷을 통해 자신을 확고하게 규정하고 보호한다.
우리에게 알몸이 없었던 것처럼, 또는 알몸을 가지고 있다는
사실을 애써 지우기라도 해야 하는 것처럼. 우리는 그것을

사회성, 예절이나 매너, 격식, 심지어 문화라는 엄청난 말로 규정하기 위해 끊임없이 노력한다.

하지만 옷들은 몸의 어떤 부분들을 미처 다 덮지 못한다. 그렇게 억지로 덕지덕지 엉겨 붙은 과도한 형식의 옷에 비하면 맨 모습을 드러내고 있는 손과 목과 얼굴은 참으로 곤혹스러운 알몸에 해당하게 된다. 심지어 옷들이 미처 가리지 못한 부분을 '치부'라고 말하려고까지 든다. 마치 우리의 손과 얼굴이 치부라도 되는 것처럼.

전기가 흐르는 듯한 손의 굴곡과 흐름은 우리가 만들어 내기 위해 애쓰는 예절과 매너라는 이상한 형식에 어울리지 않는 모습으로, 또는 말끔하게 치워진 길에 죽어 있는 동물의 사체만큼이나 생소하고 적나라하게 드러나 있다. 심지어 거기 있다고 하기에는 안 어울리는 밋밋하고 휑한 목 위로 큰 덩어리 같은 얼굴이 옷으로 가려지지 못한 채 올려져 있다.

이토록 생소한 적나라함은, 우리가 알아가야 할, 잊어버리지 말아야 할 것들이 있다는 것을 여러 가지 모습으로 말해 준다. 그리고 그 덩어리는 수없이 많은 표정들의 의미를 드러내기 위한 노력에 비해 무색할 정도로 무방비 상태로 본능적인 모습을 그대로 드러내고 있다. 그것은 부조화라고 하는 게 맞아 보인다.

나는 가능한 한 얼굴과 살과 뼈를 떼어내고 사람들을

들여다본다. 살과 뼈가 그의 본질에 대해서 말해 주는 것은 별로 없다. 그보다는 그 안에 무엇이 들어 있는가를 보고 싶기 때문에 시점을 이리저리 옮겨 본다. 스스로의 존재에 대한 최소한의 증명을 위한 근거로서 한 쌍을 이루는 물질과 정신의 조화로움을 위해서, 그것의 소유 주체인 한 인간이 적어도 일관된 어떤 태도를 보이고 있는가를 보는 것이다.

그런 점에서 그림을 팔아서 물감 값을 벌어야 한다는 절박한 상황과는 별개로, 나의 눈은 자본주의에 별로 익숙하지 않은 부조화스러운 방식으로 나와 타인과 세계와 그것들의 관계를 겨냥하고 있는 셈이다. 사람을 이루고 있는 것이 무엇인가를 보기 위해서, 그리고 무엇이 우리를 움직이게 하는가를 보기 위해서. 거기엔 항상 무엇인가가 들어 있다. 매번 느끼는 점이지만, 그건 스스로도 인식하지 못한 채 매우 선명한 모습으로, 색깔로, 냄새로 들어 있다.

교묘한 관념의 주름들이 덧붙여진 채 단단하게 꿰매진 옷과는 다르게(그래서 알몸의 대부분이 덮일 거라고 착각할 뿐 아니라 확신하지만), 그 결과는 의도한 바와 달리 매우 당황스럽게 겉돌 만큼 두드러진 방식으로 드러난다. 그 둘을 한데 놓고 뭐라고 할 만한 단어를 찾는다면, '부조화'라는 단어가 가장 가까워 보인다. 그렇다면 살이 부조화스럽든가 옷이 부조화스러운 거다. 어쨌든 둘 중에 하나는 분명

부조화를 만들어내고 있다. 그게 아니라면 그 둘이 한꺼번에 쌓을 지어 있어야 한다는 사실이 부조화스러운 거다.

그래서 나는 이제 나의 뼈와 살을 떼어내고 나를 들여다본다. 나라는 물질과 나라는 정신이, 그리고 그 물질과 정신이 나라는 오해와 착각과 집착이 어떻게 서로 작용하는지를 지켜본다. 나의 안에 무엇이 들어 있나 찾기 위해 내가 대상을, 그 대상들의 옷과 살을 헤집고 들추고 들여다보는 건 그런 이유에서다.

그 둘 사이에 있는 것이 어떤 상호작용인지, 반대로 동떨어져 있는 분리인지, 또는 본능인지 오해인지 착각인지 집착인지, 아니면 나에게 내재해 있는 어떤 해석하기 힘든 원천적인 에너지인지, 또는 이 모든 것들이 뒤엉킨 총집합체인지, 아니면 그중에 무엇을 선택하고 나머지를 눈 가리고 쳐다보지 않으려는 무모한 결단인지, 이것이 내가 보고 싶은 것이고 확인하고 싶은 것이다. 이것만이 내가 그림으로 그리고 싶은 것이다. 그렇게 나는 나와 사람과 세계를 본다.

저 위 어딘가에 있는 거룩한 이데아를 찾는 게 아니다. 땅 위에서 찾아내야 할 이상향을 의도하고 찾는 것도 아니다. 그렇게 얼굴과 살과 뼈를 분리하고 타인을 통해 사람들과 세계에 들어 있는 무엇인가를 확인하고, 내 안에 들어 있는 무언가에 대해 확인하는 일이다. 그렇다, 나는 생명체이기도

하고 동물이기도 하고 세포이기도 하고 원자이기도 하고
관념이기도 하고 다소 정신적이고 영혼적이기도 한 지구상에
존재하는 수많은 존재의 방식 중에 하나다.

그리고 생각해 보니 참 오래도 걸렸지만, 나는 표현하고
있는 사람이기도 하다. 의심에 의심을 거듭해 보고 남는
것은 사유하는 나가 아니라 '표현이라는 운동성을 가진
존재'라는 사실이다. 그것만큼은 분명하다는 사실은 의심하기
힘들다. 그 분명한 근거인 표현을 통해 내가 존재한다는 것을
확인할 수 있다. 하지만 이것이야말로 설명하기조차 어려운
부조화처럼 보인다.

부조화를 확인한 후에 내가 해야 할 일은 다음과 같은
일이다. 내 표현의 저 밑바닥에 있는 원시적인 생명력을
확인하는 것. 나는 어쩌면 내가 의도하기 훨씬 전부터
의도되어 온 존재라는 사실. 그것은 다시 나를 움직이는
의도가 어디로부터 왔는가에 대한 궁금증으로 옮겨 간다.
인간다워진다는 건 나의 근원이 어디로부터 유래했는가에 대한
궁금증을 포기하지 않고 그 질문을 정당한 것으로 인정하고
받아들이고 애써 그 질문을 유지한다는 의미이기도 하다.

하지만 그것이 말이라는 단 하나의 단어로 치환되는 순간
그 말은 무한한 가능성과 제한을 동시에 생성시키고, 그 두
가지 양상은 서로를 못마땅해하며 다시 깨진 유리 파편들이

흩어지듯 여러 방향의 가능성-자유를 향해 몸부림치며
뻗어 나간다. 그럴 때마다 정해진 도식으로 쉽고 빠르고
편의적으로 결론 내리고 싶은 조급함을 과감하게 포기하는
쪽에 스스로를 위치시키고, 실용성과 효율성으로부터 떠난
해석의 입장에 서기로 마음을 정한다.

이는 깊은 심사숙고에서 나온 선택일 수밖에 없다. 이
선택은 다른 가능성들이 혼잡스럽게 섞여 들어와 산란하게
하는 것을 도려내야 가능해지는 판단이다. 이렇게 함으로써
자유는 단순히 기쁜 것이라기보다는 엄중하고 심각한 어떤
것의 의미를 동시에 가지게 된다. 그것이 자유이며 자유의
기쁘지 않은 기쁨이다.

그것은 매일 계속해서 마음의 방향과 행동의 선택을
정하는 의식을 필요로 한다. 그리고 그것은 한 번으로 끝나지
않는다. 영원히 계속된다. 그렇다, 이것이 우리가 잘 알고
있는 부조화이며 부조화의 운동성이고 부조화의 기쁨이다.

흔히 말하는 '어떤 것들'의 결정적인 문제는, 그것이
흔하다는 점이다. 흔하지 않은 대상과 표현과 그것을 위한
선택은 흔히 말하는 그럴듯한 '어떤 것들'과 실은 아무
상관이 없다. 선택은 그 말에 들어 있는 죽은 가능성을 새롭게
모색하고 두려움이 수반될 수밖에 없는 흔치 않은 결정을
스스로 용감하고 겸허하게 받아들인다는 말과 같다.

우리가 생각하는 부조화의 진짜 부조화스러움은 그게
조화스럽지 않다는 것에 대해 우리 스스로가 무감각하다는
것이며, 그것은 섣불리 도식적인 결론을 짐작하는 데서
기인한다. 그럴듯한 것의 문제점은 항상 실제로는 전혀
그렇지 않다는 점에 있다.

감각을 포기하거나 무딘 채로 존재하는 것은 어떤 것과도
조화스러울 수 없다는 결론을 예정한다. 누가 우리의 감각을
가둬 놓고 통제하는가? 누가 우리의 존재의 실체를 확인할
단 하나의 이 소중한 지표에 대해 고귀한 인간이라면 그런
것 따위는 버리거나 없애거나 심지어 극복해야 할 쓸모없는
것으로 치부하게 만드는가?

우리가 자신의 알몸을 똑바로 지켜보는 순간
나르시시즘에 빠질 수 없다. 오히려 괴물이 되어 가는,
되어 갈 수밖에 없는 자신을 발견하게 되기 때문이다.
아니, 스스로가 일종의 괴물임을 자처하고 굴복할 수밖에
없는, 알몸으로 태어났다는 사실을 애써 잊어버리기 위해
스스로를 기만하는 다짐을 하고 옷갖 종류의 옷으로 휘황한
치장을 하고 있는 처참하고 안타까운 존재를 보게 된다.
그래서 곧 스스로를 계속 쳐다보지 못하고 눈을 돌리게
될 것이다. 하지만 다른 데로 눈을 돌리지 않고 계속해서
바라보게 되면 허상과 선입견이 걷어 내진 어떤 형상을 보게

된다. 그걸 '본다'라고 하는 것이고, 그때 본 것이 바로 있는 그대로의 자기 모습인 것이다. 그것은 통속적으로 사용되는 나르시시즘의 의미와는 거리가 멀다.

　말과 글은 사유에 매우 유일하고 효과적인 방편으로 보이지만, 가만히 들여다보면 말과 글에는 매우 교묘한 함정과 감옥이 들어 있기도 하다. 우리는 매일 그 단어들이 교활하게 날름거리며 휘두르는 혓바닥에 영혼을 위협당한다. 그것은 이미 오랜 세월 동안 그럴듯함이라는 애매한 기준으로 둔갑한 채 뱀이나 채찍의 모습으로 똬리를 틀고 있다. 그래서 예술가의 표현은 흔히 말하는 그런 것들과 거리가 멀기를 바란다.

　죽어 있는 말의 가능성을 열고 다시 말의 위협으로부터 탈주하여 자유로 향하는 것은, 그리고 끊임없이 자유로 향한다는 것의 의미에 대해 생각하는 것은, 그럼으로써 사람들이 흔히 말하는 도식적인 결론에 포함되는 안전함을 과감하게 집어던지는 용기를 내게 하는 것은, 그것도 아니라면 적어도 일탈이라도 부추기기 위해서는, 예술가에게 막중한 책임이 주어진다. 예술가의 영혼이 세상에 쓸모 있는 건 바로 그 지점에서다. 모든 것에는 이유가 있다. 그것을 신의 예정된 계획이라는 방식의 관점에서 보더라도, 어떤 이유로든 쓸모가 있다는 것은 다행스러운 일이다.

　나는 그것이 무엇인지 쉽게 결론 내리지 않도록

조급해하지 않으려고 한다. 나를 포함하여 누군가에게
도식적인 안전과 평안을 주려고 어떤 표현을 선택하는 게
아니다. 표현할 수 있다는 건 그 정도의 떨림과 기쁨은 있어야
한다. 그런 삶과 표현은 옷으로 미처 뒤덮지 못해 삐죽이 나와
있는 손이나 얼굴처럼 스스로를 한없는 무방비 상태에 놓이게
함으로써 적나라한 살점이 드러나게 만든다.

　게다가 옷가지 정도로는 살점보다 훨씬 더 생생한
영혼의 적나라함을 가리지 못한다는 사실은 스스로 절대로
익숙해질 수 있는 게 아니다. 그것이 매일 매 순간 일어나고
있는 일임에도 불구하고 그것에 절대로 익숙해지지 않고,
당황스럽게도 매번 매 순간 항상 새롭게 일어난다. 그런데
우리는 옷이 우리의 살과 영혼까지 덮어 주고 있다고 스스로를
기만할 뿐만 아니라 심지어 스스로를 세뇌하기까지 한다.

　오늘을 처음 사는 날처럼 살라는 말은 불가능한 말이다.
그렇게 된다면 우리의 감각은 모두 심하게 요동치며 제정신을
유지하기 힘들 것이다. 제정신의 의미가 어떤 것인지는
모르겠다. 하지만 예술가들은 그래서 죽어 있지 않고 매
순간 새로워야만 하는 형벌에 스스로를 처해 놓기를 바란다.
스스로 부조화의 자리에 놓이는 것에 대해 누구도 원망하지
않기를 바란다. 이 모든 것이 처음부터 끝까지 조화와는
거리가 아주 먼 부조화에 해당한다 할지라도.

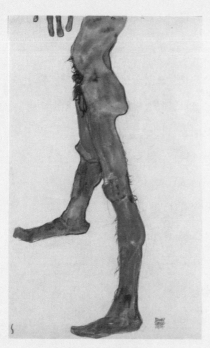

에곤 실레, 「남자 하체」
(1910년, 44.7×28cm, 레오폴트 미술관)

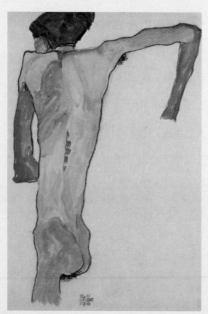

에곤 실레, 「팔을 올린 남자」
(1910년, 44.7×30.2cm, 레오폴트 미술관)

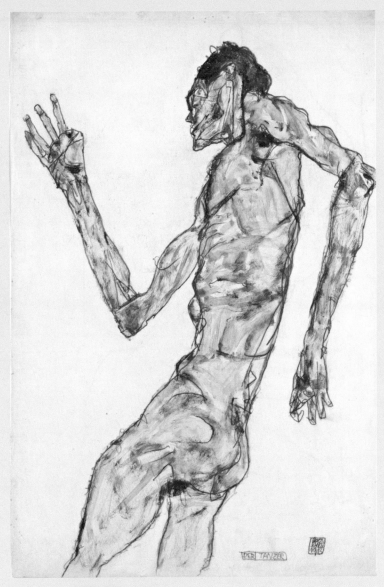

에곤 실레, 「춤추는 사람」
(1913년, 48.3×32.3cm, 레오폴트 미술관)

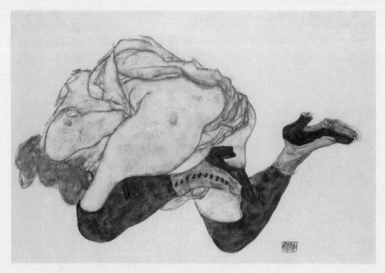

에곤 실레, 「옷을 걷어 올리고 엎드린 여인」
(1915년, 32.6×47.9cm, 레오폴트 미술관)

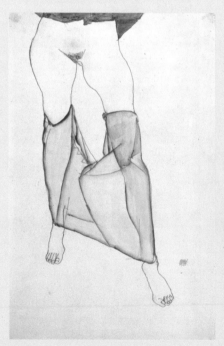

에곤 실레, 「초록색 옷을 걸친 토르소」
(1913년, 47.9×32cm, 알베르티나 미술관)

에곤 실레, 「초록색 모자를 쓴 여인」
(1914년, 48.4×31.2cm, 알베르티나 미술관)

에곤 실레, 「파란 천을 들고 서 있는 여자」
(1914년경, 48.3×32.2cm, 게르만 국립박물관)

에곤 실레, 「파란 머리띠를 한 여인」
(1913년, 47.4×31.3cm, 레오폴트 미술관)

에곤 실레, 「엎드려 있는 여인」
(1917년, 29.8×46cm, 알베르티나 미술관)

에곤 실레, 「초록색 스카프를 쓰고 웅크린 여인」
(1914년, 47×31cm, 레오폴트 미술관)

에곤 실레, 「누워 있는 여인」
(1914년, 31.4×48.2cm, 알베르티나 미술관)

에곤 실레, 「붉은 옷을 걸친 여자」
(1914년, 48.2×31.6cm, 알베르티나 미술관)

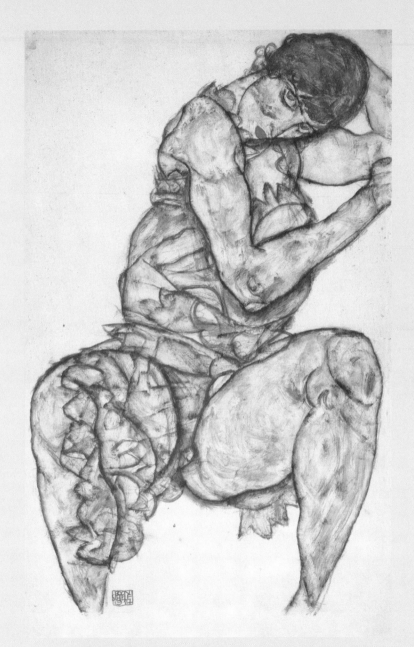

에곤 실레, 「반쯤 앉은 여성」
(1914년, 48.5×31.3cm, 알베르티나 미술관)

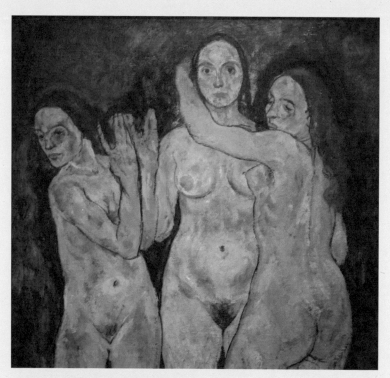

에곤 실레, 「세 명의 서 있는 여인」
(1918년, 레오폴트 미술관)

에곤 실레, 「누워 있는 여인」
(1917년, 96×171cm, 레오폴트 미술관)

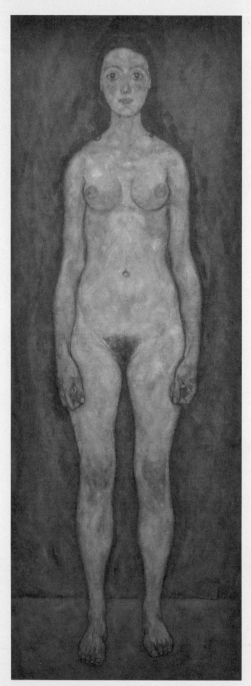

에곤 실레, 「젊은 여성의 누드」
(1917년, 개인 소장)

3
예술가의 고유성은
진부해진 보편성을 깨부순다!

박신양

우리는 하나의 말과 단어에 마치 수학적으로 상응하는 하나의 의미가 개념 지워지기를 바라면서 다른 의미들이 확대되어 연결될 가능성들을 거부하는 시도를 오랫동안 해왔다. 불변의 진리를 추구하려는 의도가 있을 때 우리는 하나의 단어에는 딱 하나의 명백한 의미만 규정된다는 굳은 믿음을 확립하려는 경향이 있다. 그것은 우리가 무리에 속해 있을수록 그만큼 더 강력한 확신과 신념으로 진화한다. 그렇게 만들어진 단어와 의미의 조합과 그 신념의 행위들을 흔히 '보편성'이라고 부른다.

보편성이라는 개념은 어떻게 보면 말과 단어와 의미 조합에 대해 지독하리만치 공격적으로, 그리고 지속적으로

넓은 가능성을 거부하고 물리치는 폭력적인 시도를 해왔다. 그렇게 개념, 정의, 기준, 의미의 확립을 위해서 말과 단어의 울타리를 공고하게 만들어 가며 가능한 한 높은 성벽을 쌓으며 보편성이라는 고지를 점령하려는 것처럼 보인다. 거기에는 우리가 조금만 생각하면 흔히 알 수 있는 일정한 규칙들이 있으며, '많은 사람들'이라든지 또는 대놓고 얘기하지 않더라도 '효율'이라든지 하는 단어들이 보편성을 규정짓는 근거로 동원된다.

그리고 숨어 있지만 보편성의 획들을 위한 근저에는 더 극명한 의도로 특별히 어떤 사람들의 입장에서의 이로움에 대한 고려들이 포함된다. 마찬가지로 보편성이라는 거대한 잣대는 예술에 있어서의 미적 기준에도 예외 없이 적용된다. 28년. 짧았지만 에곤 실레가 수없이 맞서야 했을 말과 단어들에 대한 상상이다.

그림과 대상과 색과 선과 그것을 위한 작가의 움직임도 그렇다. 일반적으로 그것은 어느 정도의 보편적인 규범과 틀 속에 있어야 한다. 그래야 별문제가 없다. 한마디로 그것은 보편성이라는 정체가 불분명한 괴물의 폭력이고 억지다. 그러니까 화가의 개인적이고 개별적인 '표현'을 위한 사소한 움직임에도 보편성이라는 단어에 대한 이론적인 고찰 정도의 수준이 아니라, 어찌 보면 인류가 역사를 통해 만들고 신봉하기 위해 피를 흘렸던 개념들에 대한 '다시 보기와 다시 생각하기'라는 측면이 들어 있다.

다시 보기와 다시 생각하기는 이런 의미를 갖는다. 그렇기 때문에 화가의 움직임은 단순한 움직임이 아니며 그럴 수도 없다. 그것이 '표현'인 이상 표현은 개인적인 차원일 수 없는 이유이다. 화가–작가는 보편성과는 어울리지 않는 성향을 가진 사람들이기 때문에 개별성과 고유성이 발휘되는 순간 보편성과의 대립이라는 어쩔 수 없는 상황이 만들어진다. 이것은 어찌 보면 매우 당연한 결과다. 보편성이 중요하다면 예술가에게 개별성과 고유성은 보편성보다 훨씬 더 중요한 문제이기 때문이다

색의 표현은 물감 회사의 잘 정리된 색상표와 같을 수 없다. 아니다, 많은 이들이 같다고 여긴다. 자로 잰 듯한 가로세로 선과 길이가 정확한 동그라미와 네모만 있는 건 아니다. 아니다, 많은 이들이 그것을 고집한다. 또한 글을 쓰거나 말을 할 때 기표와 기의가 정확히 일치하는 표현을 쓰고 싶어 한다.

인간의 역사는 이 불가능하고도 부자연스러운 의도로 가득하다. 인간의 과도한 욕망은 마치 데카르트 철학의 제1원리만큼이나 확고한 예술의 제1원리라도 만들고 싶어 하는 것처럼 보인다. 하지만 실상과 결과는 결코 그렇지

못하다.

　　우리가 잘 알고 있다시피 인상주의 이후의 '표현'들은 개인의 인상으로부터 촉발된 개별성과 고유성의 대폭발을 가져왔다. 그것은 보편성을 앞세워 인간의 기본적인 권리에 해당하는 단어들의 의미를 규정하고 이익의 전유를 옹호하려는 줄기차고 경이로운 시도에 대한 반기였으며, 그 억압적 시도로부터 자유를 획득하기 위한 절규였다.

　　다른 한편으로 보편성이라는 괴물적인 단어를 둘러싼 모의와 작당들이 저질러 놓은 것이 어떤 것이었나 미루어 짐작하는 것은 별로 어렵지 않게 된다. 또한 개별성과 고유성으로 썩고 죽어 있는 보편성을 함락하고 전복해야 할 이유가 어느 정도 필요하고 충분했는가 하는 점도 이해하기 어려운 부분이 아니게 된다.

　　예술가의 개별성과 고유성은 세계와 진실은 빨강, 노랑, 파랑처럼 누구나 아는 색으로 떼어 내서 말할 수 있는 색으로 존재하는 것만은 아니며, 이건 이거고 저건 저거고 이건 사람이고 저건 사물이다 하듯이 이것과 저것을 구분해서 말할 수 없는 것들이 있을 수 있다는 것을 적극적으로 포함한다. 무한한 언어의 개념 규정에 집착하는 것과는 달리, 그림과 예술은 글과 말과는 다른 종류의 언어라는 것을 분명히 하고 있다.

말과 글과 사유와 거기에 따른 행동 규범의 보편성을
확립하기 위한 인간의 근원적 욕망과 예술가의 그림과
표현이 지향하는 바는 '다름'에서 오는 불일치다. 누군가는 이
불일치의 자연스러움과 여유로움을 용납하지 못하고 여전히
하나의 단어에 하나의 의미만을 연결하려는, 그래서 미적
기준과 개념을 보편성의 권력으로 통제하려는 의도와 시도를
해왔지만, 참으로 다행히도 그런 시도들은 번번이 실패해
왔다.

보편성이 휘두를 수 있는 권력에 대한 욕망이 굴절될
때마다, 하나의 단어에 하나의 협소한 의미만 상응시키려는
조급함이 목적을 달성하지 못할 때마다, 말과 글이 최소한의
의무를 다하지 못할 때마다 당황하지 않을 수 없었겠지만,
보편성에 대한 끈질긴 욕망은 우리로 하여금 또다시
단어와 의미를 일대일로 상응시키려는 강박적인 짝짓기를
반복적으로 시도하게 만든다.

데이비드 흄은 "우리가 '불이 뜨겁다' 또는 '물이
차갑다'라고 믿는 건, 그와 다르게 생각하려면 더 많은 비용을
치러야 하기 때문이다."라고 말했다. 철학과 예술이 위대한
이유는 어떤 비용을 치르더라도 근거가 불분명한 보편성에
맞서 다르게 생각하기를 시도해 왔다는 점에서다. 화가와
작가의 역할이 바로 여기에 있다.

이런 점에서 새로운 그림의 시도가 필요한 것이다. 그것은 선과 색과 대상에 대해 칭하는 말과 단어의 집요하고도 공격적인 포획성으로부터 먼저 우리 자신과 정신을 구제하고 해방할 유일한 방법이자 지침으로서의 역할이다. 이것이 우리에게 화가들의 표현이 필요한 이유다. 바로 이런 측면에서 에곤 실레의 표현과 그의 시도를 생각하게 된다. 보편성과 개별성의 대립이라는 지점에서.

보편성에 대한 인간의 집착적인 열망은 모두에게 천편일률적인 복종을 강요한다. 보편성에 대한 이 끝도 없는 맹신에 비하면, 개별성을 추구한다는 게 과연 가능할까 싶고 그 시도조차 불가능해 보인다. 예술가조차도 개별성을 인정받기란 쉽지 않다. 왜 그럴까? 이유는 간단하다. 그 누구도 다르게 생각할 때 치러야 하는 과도한 비용을 감당하지 않으려고 하기 때문이다.

에곤 실레가 살았던 시대와 지금을 비교해 보자. 그가 살았던 19세기 말에서 20세기 초는 보편성과 개별성의 갈등으로 인해 모더니즘이 개화하던 시기였다. 그렇다면 지금은 그 갈등이 사라졌을까? 결코 그렇지 않다. 지금도 충분히 그 시대 못지않게 갈등적이다. 이 점이 바로 지금도 여전히 예술가의 개별성과 고유성이 절실하게 요구되는 이유다.

개별성과 고유성을 추구한다는 말은 의미를 잃고
진부해진 보편성에 저항한다는 것이다. 어떤 시대든 이러한
시도는 참으로 수고로운 일이다. 예술가가 바로 이런
수고로운 일을 감당하는 사명을 짊어진 것이다. 결국 이것이
우리가 근본적으로 예술가에게서 바라는 단 한 가지가
아닐까? 즉 예술가의 고유성과 개별성의 방식으로 어떻게
보편성과 마주할 것인가.

에곤 실레는 적어도 보편성이라는 폭력에 저항했다.
앞선 시대를 집착적으로 고수하려는 보편성의 고질화로부터
자신만의 표현을 해내는 수고로움을 자처해서 감내한 것이다.
앞선 예술가들의 이런 수많은 개별성과 고유성에 애도와
감사를 표한다.

에곤 실레, 「오렌지색 재킷을 입은 자화상」
(1913년, 48.3×31.7cm, 알베르티나 미술관)

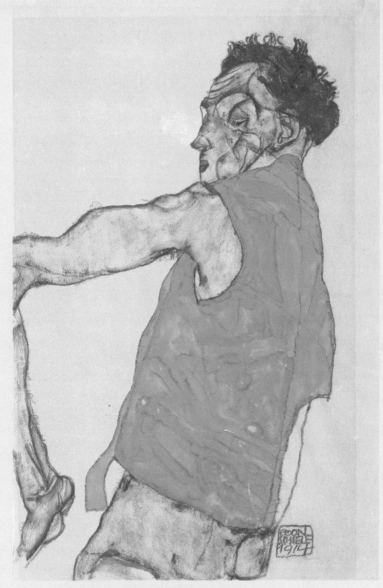

에곤 실레, 「노란 옷을 입은 자화상」
(1914년, 48.2×32cm, 알베르티나 미술관)

에곤 실레, 「초록색 옷을 입고 눈을 감은 자화상」
(1914년, 48.5×32cm, 개인 소장)

에곤 실레, 「자화상」
(1914년, 46×30.5cm, 프라하 국립미술관)

에곤 실레, 「자화상」
(1916년, 29.5×45.8cm, 알베르티나 미술관)

에곤 실레, 「자화상」
(1911년, 레오폴트 미술관)

에곤 실레, 「줄무늬 소매 옷을 입은 자화상」
(1915년, 49×31.5cm, 레오폴트 미술관)

에곤 실레, 「죽음과 남자」
(1911년, 80.5×80cm, 레오폴트 미술관)

에곤 실레, 「죽음과 소녀」
(1915년, 150×180cm, 벨베데레 궁전 미술관)

에곤 실레, 「추기경과 수녀」
(1912년, 70×80.5cm, 레오폴트 미술관)

에곤 실레, 「속죄」
(1913년, 48×32cm, 알베르티나 미술관)

에곤 실레(1914년)

4
작가적 나르시시즘과 노스탤지어의 관계

박신양

　　자신만의 표현을 위해서 작가는 우선 나르시시스트가 되어야 한다. 또한 지독한 나르시시즘의 일관된 고집스러움도 필요하다.

　　표현은 스스로 보여지지 못한다. 표현에는 스스로 움직이는 동력이 내포돼 있지만 그렇다고 표현이 스스로 움직이지는 못한다. 표현은 정신 작용이 포함된 일련의 수고스러운 과정을 통해서만 타인과 세계에 그 존재를 드러낼 수 있다. 표현은 그렇게 타인과 세계와 관계를 형성할 때만 현실이 된다.

　　수많은 표현이 난무하는 세상에서 살아남는 표현이

되기 위해서는 작가 스스로 그 표현을 고집스럽게 유지할
수 있는 일관된 집중력을 가져야 한다. 원천적인 표현의
근원이 흔들리지 않도록 하기 위한 작가의 고집스러움은
나르시시즘적인 태도로 보이곤 한다.

　　예술가의 이러한 나르시시즘적인 태도가 흔들린다면
그의 표현은 중심과 방향을 잃고 힘도 잃고 운동성도 잃고 말
것이다. 그러면 그의 표현은 박제된 표현이 되고 만다. 작가
자신은 일관성을 잃게 된다. 표현은 작가 자신과 같은 고유의
개념이다. 그런데 작가가 자신의 표현에 있어서 일관성을
잃어버린다면 그 표현은 더 이상 표현이 아니게 된다.

　　나르시시즘에 대한 해석은, 어쩌면 작가 스스로에게는
표현이 얼마나 오랫동안 강한 근거를 가지고 고유의 운동성을
유지할 수 있는가에 대한 시험대일 수 있겠다. 즉 작가 고유의
표현이 어떻게 의미를 만들어 내는가에 대한 테스트가
되겠다. 그런 의미에서 작가가 예술가로서의 나르시시즘을
끝까지 추구할 때 우리는 감동을 받지 않을 수 없게 된다.

　　우리가 화가의 나르시시즘에 감동을 받는 이유는
간단하다. 그것은 불가능의 영역이기 때문이다. 우리
자신이 그렇게 할 수 없기 때문이다. 작가의 나르시시즘을
우리가 상상할 수 있는 단어로 설명하자면, 그것은 어느
정도 초월적이고 초인간적인 성격을 갖기 때문이다. 작가가

자신만의 철학을 얼마나 집요하게 나르시시스트적으로
유지하는가는 일종의 평가 기준으로 작용한다. 한 작가가
자신과 자신의 관심사를 얼마나 깊이 탐구했는가가 바로 그를
예술가로 만드는 중요한 잣대가 된다.

　작가의 심리, 감정, 관념, 시선, 해석, 느낌, 환경, 대상,
이 모든 것이 작가 자신에게 평생 영향을 미친다. 이 모든
영향에 노출돼 있는 자신을 똑바로 바라보고자 오랫동안,
아니, 평생 안간힘을 쓰지 않는다면, 자신을 똑바로 바라볼
수 있는 경지에 이르지 못한다. 그러기 위해서는 상상을
초월하는 노력과 훈련이 필요하다. 예술가는 이것을 해내는
사람들이다.

　자신을 바로 보지 못하는 작가가 바라보는 대상에
대해서 우리가 관심을 많이 가져야 할 이유는 없다. 대상을
바라본다는 것은, 그 대상을 바라보는 나 자신의 사유와
관념의 방식을 바라본다는 뜻이다. 그래서 자신을 똑바로 볼
수 있는 작가, 그런 화가가 바라본 대상을 표현한 결과 속에서
우리는 그의 감정과 생각을 읽어낼 수 있게 되는 것이다.

　에곤 실레에게서 나르시시스트적인 성향을 생각해
본다면, 우선 그것은 다른 화가들과 비교했을 때 그렇다는
뜻인가, 아니면 에곤 실레에게서만 보이는 특별한 평가일까?
둘 다 아니라면, 현대를 사는 지금 우리 자신의 시각에 근거한

평가일까? 그것도 아니라면, 단지 자기 모습을 너무 많이 그렸다는 이유로 그를 나르시시스트라고 낙인찍는 것인가? 혹은 에곤 실레를 나르시시즘적인 화가라고 해야 작가를 좀 더 극적으로 설명하는 데 도움이 되기 때문일까? 이런 이유들은 나르시시즘이라는 개념을 정확히 전달하기에는 모두 모호해 보인다.

작가는 자기 생각, 인상, 감정, 느낌, 주관, 그리고 그것의 관념과 해석에 충실해야 한다. 그런데 그것들의 범위에는 한계가 없다. 우리가 아는 범위 내에서 적당한 나르시시즘을 작가에게 적용하고 강요하는 순간 우리는 오류에 빠지게 된다. 생각, 인상, 감정, 느낌, 주관, 관념, 해석, 이런 걸 말하고 듣는 건 어렵지 않아 보인다. 하지만 막상 이 단어들 가운데 어느 하나를 집중적으로 연구하고 실제로 실행해 내는 것은 결코 만만치 않은 일임을 금방 알 수 있을 것이다.

하지만 이런 것들에 대한 탐구가 아니라면 작가는 무엇으로 자신과 세상, 타자와 인간을 해석해 가겠는가 하는 의문이 바로 생겨난다. 저 단어들은 철학과 예술의 역사를 관통하는 주제이기도 하다. 또한 좀 더 폭넓은 이해를 위해서라면 수없이 부정되는 한이 있더라도, 작가 자신이면서 작가의 창작물이기도 한 '나'는 저 단어들을 해석하는 데 있어서 구심점에 위치할 수밖에 없다. 이 점이 바로 작가가 강력한 나르시시스트가 되어야 하는 절실한 이유다.

그렇다면 창작자가 예술적 표현을 해내고 지속할 수 있는 기본 요건으로서의 나르시시즘은 어디서부터 비롯되는 것일까? 고유의 감각이다. 눈과 귀와 코와 입과 피부다. 우리에게는 다행스럽고 감사하게도 감각기관들이 있다. 그리고 다시 상상력이라는 엄청난 감각을 동원해야만 한다. 이 방식으로 우리는 나 자신과 타자와 세계를 접촉하면서 타진해 간다.

그러나 유감스럽게도, 이런 방식에는 분명 한계가 있다. 우리의 감각에 한계가 있다는 건 비극적이지만 분명한 사실이다. 감각의 한계로 인하여 감각에 대한 우리의 관념과 해석은 다시 보기와 다시 생각하기를 끊임없이 요구받는 소용돌이에 휘말리게 된다.

그렇다. 우리의 감각은 안타깝지만 매우 극도로 제한적이다. 그래서 우리는 의문에 휩싸인 질문을 던질 수밖에 없다. 내가 보는 것들을 조합해서 얻은 이해가 과연 타당한가? 그렇게 얻은 관념이 정확하고 명확하고 분명하고 확실한가? 나의 해석이 전부인가?

감각할 수 있다는 점에 감사하기에도 시간이 부족한 짧은 인생 여정에서 저런 단어들의 소용돌이에 매여 있는 나 자신을 발견하는 것, 작가란 그런 처지에 있는 존재라는 것을 겸허하게 인정하는 것, 그리고 나 자신이 그런 위치에 있다는 것을 매번 새롭게 확인하는 것은 다소 심각한 의미에서 나르시시즘적인 요소다.

너무나 안타깝게도 세계를 알아가는 데 있어서 우리의 감각은 왜 이토록 제한적일까? 왜 우리는 이렇게 초라하고 부족한 감각을 가졌을까? 게다가 스스로 자신을 파악할 수 있는 기본적인 단초들이라 할 수 있는 느낌과 감정과 감각은 왜 자꾸 점점 퇴화해 가는 것일까? 인간은 여러 가지 이유로 어느 종류의 감각들에 대해서는 포기하며 살아왔다. 안전이라는 명분을 위해, 그리고 문명이라는 이름의 방패를 위해, 스스로 감각의 둔화를 자처해 왔다.

우리의 감각이 퇴화했다는 건, 그 원초적인 운동성에 대해 감지하지 못하거나 둔화되었다는 것을 의미한다. 긍정적으로 본다면, 우리가 주어진 환경에 잘 적응해서 생존을 위한 존재로서는 잘 살아간다는 뜻이겠다. 그러나 감각은 여전히 우리의 몸속 저 깊은 곳에 웅크리고 있다. 감각은 우리의 생존 본능이자 창조 본능으로서 원초적인 운동성을 갖고 나도 모르게 내 안에서 꿈틀대고 있다.

어쩌면 우리가 나르시시스트라고 지칭하는 예술가의 표현은, 지금 이 시대 사람들이 불필요하다고 치부하고 간과한 어떤 것을 되살려 내기 위해 엄청난 에너지를 지속적으로 집중시켜 그것을 현실에 구현해 내는 과정일지도 모르겠다. 예술가의 입장에서는, 그 표현을 위해 다른 모든 것은 과감하게 포기한다는 뜻이 된다.

어떤 사람들은 아직도 자신의 DNA 속에 남은 생존 감각을 비교적 생생하게 간직하고 있고, 어떤 사람들은 어쩔 수 없이 이 감각을 스스로 포기하고 살아간다. 비교적 안전해 보이는 세상에서 이 감각은 자연히 무뎌져 간다. 이러한 감각이 모더니즘 시대에는 예술가로 하여금 '원시주의(primitivism)'를 낳게 하는 요인이었을 것이다. 나는 이 원시성을 '생명력'이라고 부르고 싶다. 그리고 우리는 원시성에 대한 근원적인 그리움을 간직하고 있다. 그것이 바로 '노스탤지어(nostalgia)'일 것이다.

우리가 예술가에게 바라는 것은 무엇일까? 그것은 너무나 집요해서 제삼자의 서술로는 논리가 성립될 수 없는 과도한 추구, 즉 나르시시즘이 아닐까? 인류가 오래전에 이미 포기한 감각을 애써 부여잡고 그것들이 궁극적으로 가리키고 지시하는 근원적인 존재를 파악하기 위한 몸부림. 다시 말하면, 근원적인 그리움에 대한 지독한 집착이다.

이것은 다른 모든 것을 포기하지 않고서는 해낼 수 없는 집중력이 필요하기 때문에 예술가가 나르시시즘적인 태도를 갖지 않고서는 도저히 가능한 일이 아니다. 다시 말해,

예술가에게 나르시시즘의 근거는 생명력에 대한 지독한
그리움과 집착이다.

　작가에게 이런 종류의 나르시시즘이 없다면 안타깝지만
우리는 그의 작업을 실용성이라든가 효용성이라든가 하는
측면에서 봐야 할 것이다. 그것은 참으로 무서운 일이다.
표현에서 생명력을 발견하는 것이 아니라 그것이 얼마나
실용적이고 효용적인지를 따진다면 말이다.

　매독으로 인한 정신병으로 가족을 비참한 지경에
몰아넣은 아버지라면 그리워할 이유가 없을 것 같지만 에곤
실레는 아버지를 지독히도 그리워했다. 그의 그리움에는
그것과 어울릴 것 같지 않아 보이는 두려움과 생명의 환희가
있다. 죽음의 흔적들이 덕지덕지 붙어 있는 영원성 안에는
생소해 보이지만 우리가 스스로 포기해 온 원시성과 생명력이
동시에 들어 있다. 도저히 서로 어울릴 것 같아 보이지 않는
감정들이 엉켜 있는 것이다.

　이런 감정들을 들여다보기 위해 감각이 일관되게
동원되도록 다른 것들을 포기하는 것이 나르시시스트가
감당해야 하는 희생이다. 이런 것들이 작가의 개별성을
특징짓는 영역에 들어 있다. 작가의 고유성은 사회적
기준이나 우리가 절대시하는 도덕률보다 앞서 위치한다.
그리움 같은 원인 모를 원초적인 감정들은 환경적 상황이나

조건들보다 선행하기 때문이다.

　인간의 근원적인 감정은 인정하고 싶지 않지만 마치 유령처럼 항상 맨 앞에서 자신의 모습을 드러낸다. 우리가 아무리 고급스럽고 그럴듯한 문명의 혜택 속에 둘러싸여 있더라도 우리의 실존은 외로움과 고독함의 옷을 입고 우리 감각의 가장 앞자리를 차지하고 버티고 있다. 그 어떤 것도 삶과 죽음이라는 실존적 엄숙함을 향한 우리의 강렬한 끌림을 대신할 수 없다.

　영혼의 저 밑바닥 어딘가에 웅크리고 있는 인류의 원시성과 생명력에 우리가 관심이 없다고 말할 수 있는가? 그럴 수 없다. 사실 우리는 모두 그것을 갈구하고 있다. 우리 안에 생경한 느낌으로 노스탤지어가 꿈틀대고 있다는 것을 자각하면서도 그것을 인정하면 안 될 것 같은 강박에 시달린다. 원초적인 갈망과 사회적 안전 사이의 괴리를 수긍도 부정도 못 하고 어쩔 수 없는 보편성이라는, 누가 강요하지도 않는 관념을 기준 삼아 스스로의 소중한 질문을 애써 힘으로 찍어 누르게 된다.

　그래서 평범한 우리는 그 갈망과 더불어 아쉬움을 예술가에게서 대신 바라는 것이다. 이제 이 바람과 요구의 정체는 어느 정도 설명이 된 것 같다. 문제는 그 다음이겠다. 우리는 심지어 예술가에게 그것을 신사적으로 보이는 방식으로 강요하기도 하는 것이다. 또 한편으로는 이와 반대로 예술가에게 보편성을 빙자한 진부한 관습에 순종할 것을 강요함으로써 자신을 고압적인 위치에 두고 싶어 한다. 또 어떤 경우는 예술가가 그런 강요에 어떻게 반응하는지 보고 싶어 한다. 작가가 사회적 강요의 무게 아래서 어떻게 짓눌리고 견디고 괴로워하는지를 즐기면서 말이다.

우리 안의 남을 짓밟고 서고자 하는 경쟁적이고 파괴적인 본성은 예술가가 병약한 심성으로 인해 괴로워하다가 자기 파괴로 치닫지 않을까 싶어 흥미롭게 살펴보고 싶어 한다. 많은 작가들이 혼돈 속에서 알코올중독에 빠지거나 방종으로 치닫거나 정신병에 걸려 자멸했다는 식으로 비정상적인 기록이 만들어지기를 바라는 것 아닌가 싶기도 하다. (왜 아니겠는가, 그러면 거래에 조금이라도 이득이 생길 텐데.)

그래서 정작 예술에 대한 이야기는 뒷전으로 물러나고 예술가들이 스스로 선택하고 관계 맺어야 하는 존재들로부터 떨어져 나오지 못하는 약점을 이용해서 헐뜯기 좋은 스토리들을 만들어 내곤 한다. 그래야 도덕적으로 문제 있다고 맘껏 비난할 위치에 서게 되니 말이다. 안 그러면 나르시시즘이라든가 나르시시스트라는 딱지라도 갖다 붙여서라도 결국 통속 드라마 같은 도식적인 결말을 도출하고자 한다. 이런 치졸하고 저급한 근성을

또한 보편성이라는 근엄하고, 객관적이고, 상식적이고,
그럴듯하다고 착각하는 단어로 과대 포장해 놓고 그 뒤에
감춰지지도 않는 머리만 처박고는 숨었다고 착각하면서
말이다.

보편성이 이런 저급한 욕망으로 물들었다면 그것은
과연 누구를 위한 기준이며 그 근거는 어디서에 비롯되는가?
그것은 매우 편파적이고 폭력적이고 근거가 빈약하고 심지어
따분해 보인다. 인류 역사가 이런 보편성으로만 가득했다면
르네상스도 모더니즘도 표현주의도 생겨나지 못했을 것이다.

그래서 에곤 실레와 오스카르 코코슈카의 표현에서
뿜어져 나오는 생명력과 용틀임과 투쟁은 시대를 건너가는
징검다리로서 충분한 의의가 있다. 그리고 이런 화가들에게
길을 내준 구스타프 클림트에 대한 궁금증이 생기지 않을 수
없게 된다.

작가라면 대상과 표현을 탐구하는 데 일관된 관심을 쏟을
수밖에 없다. 예쁘장해 보이는 치장이 없다는 건 그런 그림에
대한 취향을 가진 사람들에게 잘 보이고 싶은 생각이 없다는
뜻이겠다. 그럼으로써 화가가 집중하고자 했던 표현은 온갖
종류의 감정과 감각의 뒤틀림이라는 어쩔 수 없는 인간의
실존적 처지이겠다. 이 처절하고 복잡한 심리는 우리에게
끝도 없이 주어지는 이중적인 조건과 상황에서 기인한다.

이러한 실존적 조건에 한눈팔지 않고 계속해서 집중하는 자세를 유지하는 것을 작가적인 나르시시즘으로 본다면, 예술가의 나르시시즘은 존경받아 마땅하다. 그런 화가의 표현을 두고 사회성이 결여되었다고 말할 수 있을까? 모든 표현은 사회적이다. 인간의 근원적인 욕망들에 대한 탐구가 사회적이지 않다는 말인가? 에곤 실레의 눈에 비친 어린아이들도 매우 사회적인 주제였다. 오스트리아 곳곳에서 어린 나이에 창녀로 전락해 가는 도시 빈민의 아이들이 늘어났기 때문이다.

에곤 실레와 오스카르 코코슈카를 제대로 바라보는 건 보편성과 개별성에 대해 다시 생가해 보는 일로 보인다. 이들에 대해 보편성을 가장한 무책임한 단정들에 현혹되지 말자. 그들이 만들어 낸 선과 색들의 떨림과 요동을 받아들이자. 거기에는 표현의 떨림과 운동과 춤들이 충분히 들어 있다. 이들의 작품에는 저 깊은 곳에 표현의 생명력과 원시성이 도사리고 있으며 그리움이라는 원초적인 감정의 나침반이 있다. 그들은 자신의 예술을 멋져 보이거나 그럴듯하게 들리는 이유들로 포장하지 않았다.

실레와 코코슈카는 자신들이 그리움과 외로움의 형태로 존재하고 있다는 사실을 겸허하게 인정했다. 이들은 사람들이 강요하는 보편적인 잣대에 휘둘리지 않겠다고 강력한 좌표를 확인해 나아갔다.

예술가는 그 등대의 불빛으로 우리 존재를 인도한다. 그런데 이는 마치 돛단배를 풍랑으로부터 안전한 항구로 인도하는 것처럼 보이기도 하지만, 그렇지 않다. 그것은 결코 안식처로서의 항구가 아니다. 그 항구는 단순히 혼돈의 바닷물로만 덮인 게 아니라 하늘과 땅이 뒤섞인 카오스의 장소다.

안타깝게도, 우리는 등대로 인도받음으로써 오히려 더 큰 소용돌이 속으로 휘몰려 들어가는 것이다. 하지만 그곳이 바로 우리의 탄생지이자 근원적인 고향이며 종착지이며 다른 의미에서 안전한 장소다. 이런 예술가에게는 꺼지지 않는 실존의 깜빡임이 길을 안내하는 등대가 된다.

그런데 우리는 억지로라도 그곳을 피해 가고 싶어 한다. 안전한 곳에 머무르고자 하는 염원은 진정한 고향을 피하게 만드는 거짓 욕망의 역설을 낳는다. 그것은 삶이 영원하리라는 착각이며 죽음을 망각하고자 하는 자기기만이다. 보편성이라는 있지도 않은 유령 개념을 만들고 끊임없이 과거를 기웃거리면서 살아 있을 때도 말하지 않았을 억지스러운 의미를 새긴 묘비석으로 피라미드를 세워 올리고 싶은 것이다. 이런 점에서 실레와 코코슈카는 매우 개별적이기에 사실적이고 그들의 사실성이야말로 진정으로 보편적인 가치를 지니게 된다.

　작가는 존재와 표현의 궁극적인 기원을 파헤치기 위해
스스로를 연구해야만 한다. 이 작업은 개인적인 동시에
사회적인 것이다. 아무리 개인적인 이유일지라도 그것은 모두
결국 사회적인 것이 된다. 그래서 예술가는 개별적이어야
하며 자신의 관심과 시선을 유지하기 위해 최선의 노력을
지속해야 한다는 점에서 나르시시스트여야만 한다. 자신에
대한 관심과 탐구를 지속시킬 수 없는 예술가는 자기
경멸이라는 지독한 터널을 통과해서라도 어쨌든 길을 찾아
나가는 원동력을 발견해야 한다. 그렇다고 개별성이라는
이름으로 어디에도 속하지 않는 관념론자를 자처하는 건
작가적인 태도가 아닐 것이다.

　에곤 실레가 평생 그림을 통해 우리에게 말한 바는 이런
게 아닐까? 우리가 그의 그림을 보고 충격을 받는 이유,
그에게서 받은 충격의 여파가 오랫동안 지속되는 이유는 바로
이런 게 아닐까? 이것이 바로 에곤 실레의 표현이 지금까지
우리의 마음을 감전시키는 파동을 전하는 이유다. 그의
표현은 그만큼 생생하게 살아 있는 표현이기 때문이다.

　예술을 향유하는 자로서 나는 예술가로부터 그런
표현을 발견하고 싶다. 우리가 보고 싶은 건 누구나 표현해
내는, 그래서 보편적이라고 포장할 수 있는 표현이 아니다.

나르시시스트라고 단죄를 당할 만큼 개별성을 집요하게
탐구해 내는 예술 표현을 보고 싶다. 에곤 실레는 그 고독한
길을 선택했기에 그토록 독창적인 작품들을 남겼다.

그들을 우리가 '분리파'라고 부르듯이, 모든 예술가들이
각자 무엇으로부터 '분리'된 표현을 내놓았으면 좋겠다.
분리되어야 하는 타당한 이유를 알고 스스로의 위치와 태도를
주체적으로 설정해 나가는 나르시시스트들이면 좋겠다.

반면 우리가 세상을 안전하게 살아가기 위해서는 내
안의 갈망을 억제하는 자기기만이 필수적인 시대가 되었다.
영원한 삶에 대한 지독한 집착으로 인해 우리의 감정은 점점
더 황폐해져 간다. 진실한 감정을 포기한다면, 우리는 정작
가장 중요한 인간다움을 포기하게 될 것이다. 인간적이기
위해서라도 우리는 모두 예술가가 되어야 한다.

에곤 실레, 「죽은 엄마 1」
(1910년, 32×25.7cm, 레오폴트 미술관)

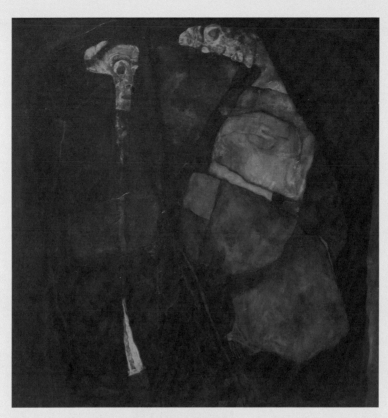

에곤 실레, 「임신한 여인과 죽음」
(1911년, 100×100cm, 프라하 국립미술관)

에곤 실레, 「엄마와 딸」
(1913년, 47.9×31.1cm, 레오폴트 미술관)

에곤 실레, 「엄마와 아이」
(1914년, 48.2×31.9cm, 레오폴트 미술관)

에곤 실레, 「젊은 엄마」
(1914년, 100×120cm, 개인 소장)

에곤 실레, 「눈먼 엄마」
(1914년, 99×120cm, 레오폴트 미술관)

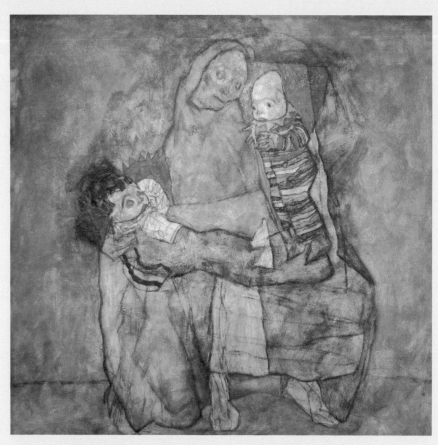

에곤 실레,「엄마와 두 아이들」
(1915년, 32×25.7cm, 레오폴트 미술관)

에곤 실레, 「엄마와 두 아이들」
(1915~1917년, 150×159.8cm, 벨베데레 궁전 미술관)

에곤 실레, 「슬퍼하는 여인」
(1912년, 42.5×34cm, 레오폴트 미술관)

5

에곤 실레의 선에는
어떤 의미가 담겨 있을까?

(박신양)

예술에서 선의 역할은 무엇인가?

선은 우리가 태어났을 때부터, 아니, 훨씬 이전부터
있었던 것이다.

우리는 수많은 선들 속에서 살고 있고, 선 없는 세상은
존재할 수 없을 것만 같다.

그래서 선의 존재를 의심하는 건 있을 수 없을 정도로
분명해 보인다.

그런데 선이 실제로 존재할까?

선은 구분을 만든다.

우리는 선을 너무나 쉽게 긋곤 한다.

너와 나를 구분하고 이쪽과 저쪽, 이것과 저것을 구분하고 형태를 규정한다.

선의 구분에는 강력한 의도가 작용하기도 하고 별다른 의도가 없는 경우도 있다.

어쨌든 선은 칼처럼 많은 것들을 가르고 규정해 왔다.

선으로 영토를 만들고 성을 짓고 칼과 방패를 만들어 왔다.

눈에 보이지 않는 선으로 땅의 길이를 재고 별들의 거리를 측정하고 우주의 크기를 짐작해 왔다.

선으로 문자와 숫자를 만들고 세상의 모든 것의 의미를 만들고 그 의미로 법률을 만들고 서로를 강요하는 기준을 만들어 왔다.

그렇게 선은 우리가 보고 있는 세상과 문명을 만들어 왔고, 미술과 예술도 만들어 왔다.

선은 가능한 모든 것을 만들어 내려는 것처럼 보인다.

인간은 헤어 나오기 힘들 정도로 무수한 선을 그어 왔고 스스로 자신들이 그은 선의 그물 속에서 허우적대다가 옴짝달싹 못 하는 감옥에 갇혀 버렸다.

우리는 오로지 선이 허용하는 범위 안에서만 존재와 자유를 말해야 하는 신세가 되었다.

에곤 실레,「포로」
(1912년, 48.2×31.7cm, 알베르티나 미술관)

선은 모두에게 공통적이기 때문에 모두를 평등하게 만드는 것처럼 보인다.

그래서 '보편적'이라는 수식어를 붙이면 잘 어울릴 것처럼 보인다.

그렇게 합의된 선으로부터, 보편적이므로 타당하다는 결론이 도출되기까지 한다.

그리하여 선이라는 보편타당함은 자유와 행복 같은 추상적인 개념까지 지시하고 재단하기에 이른다.

결국 선으로 구획 지어진 자유와 행복 안에서 우리는 그것을 열심히 갈구함으로써 자유와 행복을 누리고 있다는 착각 속에서 스스로를 위로하며 만족해야 한다.

그 선은 거의, 아니, 당연하게도 절대성을 갖는다.

이토록 명료한 개념은 시대적 보편성까지 갖게 된다.

이 정도 되면 우리는 선에 절대적인 가치를 부여하게 된다.

누구든 그 선의 의미를 함부로 바꾸거나 다른 해석을 가하기 힘들게 되었다.

그것은 보편, 타당, 도덕, 기준 등 여러 가지 말로 불리면서 확고부동한 기준이 되기도 한다.

그리하여 그것은 미적 기준으로까지 작용하게 되었다.

하지만 당황스럽겠지만, 선에 대해 근원적인 의심을 해야
한다.
가령 이런 질문이 있을 수 있겠다.
선이 만들어낸 규정 안에서 예술가들이 모두
만족스러웠을까?

예술가들에게 이제까지 있었던 선의 형식과 의미가
충분히 만족스러웠다면, 그래서 더 이상의 선이 필요 없다면,
새로운 선을 만들어 내기 위한 시도는 없었을 것이다.
선의 의미가 확고부동하다면, 예술가마다 선의 차이도
생겨나지 않았을 것이다.
하지만 예술가가 또 다른 선을 긋는다는 것은, 그들에게
보편적으로 인정되는 기존의 선과 그 형식과 그 의미가
그들에게 충분치 못했다는 것을 뜻한다.

그러면 이런 생각이 동시에 삐쭉 고개를 내민다.
과연 선이 미술과 예술을 근거 짓는 첫 번째 요인으로서
의심의 여지가 없을 정도로 충분할까?
아닌 것 같다.
선은 참으로 오랫동안 많은 것들을 만들어 내는 기본
요소가 되어 왔지만, 그것은 필요에 의해 구분과 가상의

거리를 측정하기 위한 '만들어지고 떠받들어진 관념'의
하나일 뿐이다.

우리가 의심의 여지 없이 받아들일 정도로 유구한 역사를
가지고 있을지언정 말이다.

선은 인공적 개념의 하나다.

그리고 선은 없다.

편의상 선이라는 규정과 상징과 협의만 있을 뿐이다.

인류는 필요에 의해 선을 상징적으로 사용해 왔다.

그 필요는 다시 과도한 필요를 자극하고 부추기며 또다시
다른 필요를 동반해 왔다.

그리고 선은 인간이 인간을 짓누르고 갉아먹는 도구로
사용되어 오기도 했다.

선의 상징을 굳건히 떠받들기 위해서 세상은 이야기를
만들어 낸다.

그렇게 선은 점점 신격화되어 가기까지 했다.

그 결과 선은 의심받지 않을 굳건한 위치를 차지하게
됐다.

우리는 선이 존재한다고 믿는다.

아니, 그렇게 믿고 싶어 한다.

선이 없으면 안 된다고, 그러니까 있어야만 한다고
믿는다.

그래서 우리는 선이 존재한다는 엄청난 결론을 내고 싶어
한다.

심지어 선의 존재를 떠받들고 맹신하며 숭배하기까지
한다.

하지만 선은 가짜고 허상이다, 선은 환상이다.

물론 문명을 세우는 데 공헌하고 동시에 인류를 감옥에
가두는 데 있어서 선이 지대한 역할을 해 왔다.

에곤 실레의 선에는 어떤 의미가 담겨 있을까?

에곤 실레의 선을 본다.

그의 선은 보이는 것의 묘사를 넘어서 점점 떨림과
실존의 울부짖음을 가지게 된다.

움직임을 가지게 되고 생동감을 가지고 살아 있게 된다.

이제까지 없었던 선을 가지게 된다.

그는 선천적으로 선을 잘 다루는 재능을 갖고 태어났다.

긴 시간에 걸쳐 그는 아무도 의심을 품지 않던 선에 점차
과감하게 의문을 제기함으로써 그의 선은 진화하게 된다.

그래서 그의 선은 애처로움을 담고 있다.

그의 생각과 노력이 얼마나 많은 고초를 만들어 냈을지
가늠이 된다.

어떤 것에 대해 근본적인 의심을 품는다는 건 늘 스스로
자신의 안위를 위협하기 마련이다.

그것은 안정을 추구하려는 욕망과 반대되는 방향성을
갖기 때문이다.

그것은 인류가 맹신해 오고 율법화하고 우상화해 온 것에
대한 반항이자 반기다.

하지만 그것은 사실 인간이 반드시 가져야 할 의문이자
당연히 던져야 할 질문이다.

너무나 당연해서 그렇게 말할 필요도 없어야 하는
의문이자 질문이다.

다시 말해서 그것은 인간에게 당연한 본능이기도 하다.

선에 대해 의문을 품고 싶지 않은 세상을 향해 선에 대한
문제를 제기하는 것은, 마치 아무도 거들떠보지 않는데도
혼자 고함을 내지르는 것과 같은 고통일 것이다.

한평생 광야에서 고함을 지르는 일은 계속해서
굴러떨어지는 돌을 굴려 올리는 시시포스와 같은 운명일

에곤 실레, 「정박해 있는 배들」
(1907년, 25×18cm, 개인 소장)

것이다.

그럼에도 불구하고 선의 의미에 대해 우리는 문제를
제기해야 한다.
많은 이들이 선을 법으로 정하고 떠받들고 있을지라도,
그 역사가 우리가 살아온 시간보다 더 오래됐다 할지라도,
우리에게는 그것을 의심할 권리와 자유가 허용되어야 한다.
예술가에게 그것은 더없는 특권이자 자유다.

선은 없다.
선이 있다면 선은 점점 더 떨림과 실존의 울부짖음을
가져야 한다.
선은 자유를 향할 때 그 의미를 갖는다.
선은 움직임과 생동감으로 살아 있어야 한다.
이제까지 없었던 선을 가져야 한다.
그렇지 않다면 선은 없어져야 한다.
그렇지 않다면 선은 의미를 상실하게 된다.
선은 선의 존재에 확신을 갖고 있는 사람들을 비웃는
역할을 하게 될 것이다.

실존의 떨림이라는 것이 오로지 불안만을 의미하는

것일까?

실존의 떨림에는 불안과 두려움만 있을까?

아니다.

죽음에는 불안과 공포만 있을까?

아니다.

실존에는 엄청난 긍정과 희망, 심지어 현실에 대한
완전한 긍정이 들어 있다.

그게 실존에 대한 정당한 해석이다.

그것은 작위적으로 만들어진 분홍색 긍정과는 다르다.

거기에는 외침이 가능한 표어로 만들어져 보편성으로
위장한 희망과는 다른 종류의 힘이 들어 있다.

어느 사회에서든 그 사회가 요구하는 희망 또한 선의
의미 내에서 규정되어 왔다.

우리가 온갖 치장을 일삼으며 작위적으로 만들어 낸 것을
문화라고 위로하면서 정작 불안과 절망으로 뒤섞인 우리의
본모습을 외면한다면, 실존의 떨림이 고스란히 묻어 있는
선이 내뿜는 생동은 결코 보지 못할 것이다.

그래서 에곤 실레의 비틀어진 자세들이 자연스러운
것이다.

가증스러운 표정들이나 옷으로는 미처 다 덮지 못한

본능들과 본능적인 선들이 꿈틀대고 있다.

에곤 실레의 선에는 실존과 본능의 적나라한 모습들이 요동치는 생명의 떨림이 들어 있다.

디오니소스적인 것과 아폴론적인 것이 대립하며 뒤엉키고 꿈틀거린다.

그가 단지 여성의 적나라한 모습을 그려서가 아니다.

그것은 적나라한 인간 본연의 모습이기 때문이다.

우리는 실존이라는 병을 정신 병동에 가두고는 그것을 숨기기 위해서 너무 많은 다른 병을 만들어 내고 있다.

위장과 기만과 치장이라는 병을.

선을 의심한다는 것은 사회가 가진 합리성과 보편성에 문제를 제기하는 일이 되겠다.

예술가의 선이 의도하고 의지하는 바가 이런 게 아닐까?

인간들의 투쟁과 갈등과 싸움에서 선에 의해 최소한의 합의가 이루어진다.

선은 더없이 편의적이고 합리적으로 보인다.

선이 없다면 그 어떤 것도 존재할 수 없는 카오스가 될 것만 같은 불안감이 엄습한다.

그래서 선은 적어도 최소한의 안전을 보장하는 안식처로

보인다.

하지만 아무리 생각해도 선은 존재하지 않는다.

선의 의미에 대해 적어도 목숨을 걸고 뛰어들었던
예술가들의 감각을 상상하고 복기하는 것은, 피부 감각처럼
내가 가지고 태어났거나 또는 습득한 감각 이외의 다른
종류의 감각을 요구하는 것처럼 보인다.

그것은 상상력의 근원을 파헤쳐 봐야 하는 일처럼도
보인다.

내가 알지 못하는 시간들을 살아온 여러 사람들을 통해
내 몸 안에 쌓여 나를 이루고 있는 것들 가운데서 퇴화되고
망각된 어떤 것을 찾아내는 일에는 또 다른 종류의 감각이
필요해 보인다.

새로운 선에 대한 탐구는, 나에게 포함되어 있거나 내가
가지고 태어났다고 말할 수 있는 것들의 범위와 한계를
극복할 수 있는가에 대한 질문과도 연결돼 있다.

우리는 자신을 제한하고 있는 한계를 극복할 수 있는가?

우리는 왜 한계를 가지게 되는가?

우리는 어떤 한계를 극복하기를 원하며 그 이유는
무엇인가?

에곤 실레, 「세 명의 남자 구성」
(1910년, 18.5×20.3cm, 레오폴트 미술관)

우리는 어떤 종류의 한계에 관심과 흥미를 가지며, 어떤 종류의 한계를 내 문제로 받아들이는가?

이러한 탐구는 반대로 한계를 인식하지 못하거나 한계를 철저하게 옹호하는 사람들과 어떤 갈등을 만들어 내는가?
한계에 대한 해석은 한평생이 걸리는 작업인데 해석상의 문제에서 비롯된 갈등을 자신의 문제로 받아들인다는 건 어떤 의미일까?

결론은 이렇다, 그것은 철저하게 자신의 선택이자 판단이자 결정이다.
이것이 바로 화가가 맞닥뜨려야 하는 운명이다.
선의 의미에 대해 생각하려면 어쩔 수 없이 선의 늪에 빠지는 수밖에 없기 때문이다.

선의 의미는 무엇인가?
선에 대한 의심이 불러오는 저 많은 질문들에 대한 해답을 어떻게 찾아갈 것인가?
적어도 길을 잃지 않기 위해서라도 감각은 무엇보다 중요해 보인다.
물론 수많은 경험을 통해 모든 것을 알 수 있다면

좋겠지만, 그게 아니라면 그 많은 경험을 다 어디서 어떻게 할 수 있다는 말인가?

우리가 감각으로 타인의 체험을 겪지 않는다면 세상의 그 모든 것들을 직접 경험해야 비로소 '나는 이것을 알고 느낄 수 있다.'라고 말할 수 있지 않겠는가.

에곤 실레도 마찬가지였을 것이다.

화가는 그만큼 선의 의미에 대해 생각할 수밖에 없으며, 그것은 중요하고 막중한 사명이다.

결국에는 그 선에 무언가를 담을 수밖에 없다!

그 선은 한 화가의 고유하고 개별적인 의미를 담지하게 된다.

선은 그러니까 그 모든 문제의 인식과 판단과 결정과 그것을 대하는 자세다.

선을 고민한 예술가들로부터 우리가 얻을 수 있는 것들이 바로 이것이다.

선은 모든 것을 만들어 왔다.

아니, 인간의 필요에 의해 선의 의미는 한정 없이 확장되어 왔다.

하지만 선은 어디에도 없다.

선은 관념 속에만 존재할 뿐이다.

그리고 우리는 그 선에 대해서 의심할 필요가 있다.

선이 무엇을 내포할 수 있는지에 대해, 예술가의 선이 무엇을 표현할 수 있는지에 대해.

그리고 우리가 선에 대해 얼마나 편협한 생각을 맹신하며 살고 있는지를 생각해 봐야 한다.

우리는 예술가의 표현에서 자유의 움직임을 보고 싶어 한다.

우리가 보고 있는 세상이 아닌 다른 세상을 향한 표현.

그것은 온갖 방법으로 우리의 눈을 근시안적으로 고정하도록 강요하는 이 세상의 모든 힘으로부터 벗어나고 싶은 인간의 본능일 것이다.

우리의 시선과 시점을 다른 세상으로 인도할 수 있는 그런 표현을.

그것이 예술에 있어서 선의 역할이라고 생각한다.

선은 있는가?

선은 실제로 존재하는가?

선은 옳은가?

선은 절대적인가?

에곤 실레, 「작은 나무, 늦가을」
(1911년, 42×33.5cm, 레오폴트 미술관)

에곤 실레, 「세찬 바람 속의 가을 나무('겨울 나무'라고도 한다.)」
(1912년, 80×80.5cm, 레오폴트 미술관)

선에 대해 질문해 본다.

그것은 반대로 선이 예술가에게 던지는 질문이기도 하다.

역설적으로 선이 던지는 질문이 바로 예술가에게 선의
의미이기도 하다.

그렇게 함으로써 예술가는 선을 대하는 사람들의 인식과
그 인식에서 비롯되는 모든 문제에 대해 '다시 생각하기'의
단초를 제공할 수 있다.

선은 관념과 실재(實在, reality)의 기원에 대한 의문을
불러일으키기에 매우 적당한 요소다.

아무리 생각해도 우리가 도식적이고 습관적으로
용인하고 있는 선 같은 건 있어 보이지 않는다.

그림은, 표현은, 선에 대한 근본적인 의심으로부터
시작되어야 하지 않을까?

선에 의심이 들어 있지 않다면 오히려 우리는 그 선의
의도를 의심해야 하는 것 아닐까?

우리는 에곤 실레의 선에서 무엇을 봐야 할까?

에곤 실레의 선에는 선에 대한 의심이 들어 있다.

선은 옳은 것이가, 선은 타당한가, 그리고 선은 무엇을
위해 존재해야 하는가에 대한 물음이 담겨 있다.

우리는 그것을 해석해 내지 못할지라도 느낌으로 알 수 있기에 에곤 실레에게 끌리는 것이다.

에곤 실레의 선에서는 그 선들이 상징하는 인체의 적나라함과 선의 느낌이 매우 대비된다.

미성년자의 육체의 적나라함이라는, 대부분이 꼼짝 못 할 도덕적 굴레를 씌우기 적합한 대목에 에곤 실레를 위치시킨다면, 그 순간 존재와 선에 대한 강력한 의심이라는 작가적 표현은 이미 언급조차 되기 어려운 어떤 것으로 취급받고 저 멀리 내동댕이쳐진다.

이상한 일이지 않은가, 거기에 실존의 선이 함께 들어 있다는 것은.

사실 이상한 일이 아니다, 그것을 이상하게 만든 인위적 분류가 이상할 뿐이다.

바로 그 이상한 느낌이 에곤 실레의 살아 있는 선에서 오는 강력한 인상이다.

심지어 지금까지 그 어떤 화가도 그만 한 수준의 강력한 메시지를 가진 그림들을 내놓지 못했다.

메시지의 강렬함이라는 측면에서 아직 에곤 실레를 뛰어넘는 작가는 나오지 않았다.

그것은 대상과 전혀 관련 없는 의심과 혼돈의 극대치가 어떻게 선에 표현될 수 있는가에 대한 실험이다.

선에 대한 의심은 형태에 대한 의심일 수밖에 없다.

결국 선에 대한 의심은 우리가 왜 그러한 형태로 사물을 인식하고 표현하는가에 대한 의심이다.

그것은 또한 인류가 선을 그음으로써 의도해 온 것이 무엇이며 그 의도들에 지속적으로 내재해 있는 공통된 이유와 근거는 무엇인가에 대해 우리로 하여금 적어도 심사숙고하게 만든다.

에곤 실레의 선에는 선에 대한 사유가 들어가 있다.

그 선들이 지시하는 형상들은 우리로 하여금 무엇을 보고 느껴야 하는지를 적극적으로 방해하는 동시에 유혹한다.

선과 그 선이 상징하는 대상을 동시에 말하는 것은 쉽지 않아 보이는데, 그것이 불가능해서라기보다는 우리가 그런 논의와 주제에 익숙해 있지 않기 때문이다.

일부분만 하나씩 떼어 내서 얘기하는 데는 익숙해 있다.

그것을 부분만 하나씩 보자면 기존에 통용되고 있는 상식적인 분위기와 양식을 띠고 있어서 금방 알아들을 수 있는 것처럼 분명해 보이기 때문이다.

그러니까 매우 억지스러운 분류 방식이다.

사람들의 편의상 분류에는 우리를 질식하게 할 만큼의
과도한 의도를 포함하는 경우가 많다.

해골과 뼈를 앞에 놓고 사랑을 포함한 인간의 감정에
대해 장황하게 얘기하는 것이 안 어울리는 것과 마찬가지다.

선은 무엇인가, 선이 무엇을 담을 수 있는가, 선의 역할이
무엇인가, 선은 왜 의심을 포함해야 하는가?

이것이 내가 에곤 실레의 선에서 보는 내용들이다.

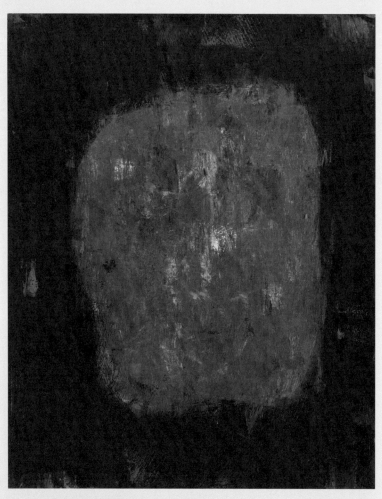

박신양, 「사과 2」
(2022년, 162.2×130.3cm)

박신양, 「사과 9」
(2022년, 162.2×130.3cm)

박신양, 「사과 18」
(2022년, 227×182cm)

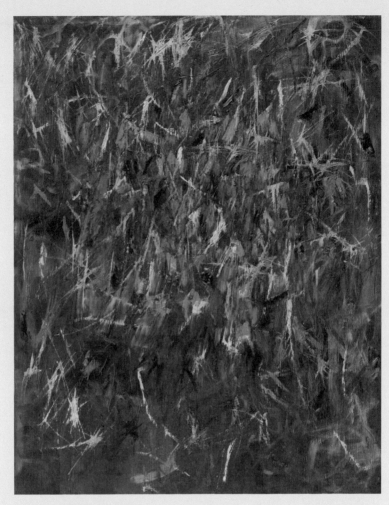

박신양, 「사과 19」
(2022년, 227.3×162.1cm)

박신양, 「당나귀 27」
(2017년, 116.8×91cm)

박신양, 「당나귀 13」
(2017년, 227.3×162.1cm)

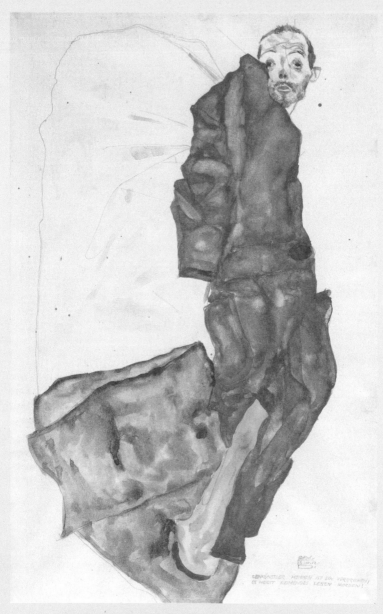

에곤 실레, 「예술가를 방해하는 것은 범죄이며 싹트는 생명을 죽이는 것이다!」
(1912년, 48.5×31.5cm, 알베르티나 미술관)

에필로그
표현의 순간에 진동하는
감정의 끌림

박신양

    '표현'이라는 참 쉬워 보이는 단어, 이만큼 쉬운 말이 또 있을까? 이 말을 모른다고 할 사람은 없을 것이다. 또한 모든 예술 장르 가운데 표현이 아닌 것이 있을까? 하지만 정작 표현에 대해 얘기하는 건 쉬운 일이 아니다.

    표현에 대해 생각하자면, 하고 싶은 대로 마음대로 지껄이거나 마음 내키는 대로 행동한다는 막연한 이미지가 떠오를 수 있다. 그만큼 표현은 쉽고 우리에게 익숙한 단어 같지만 실은 그 정반대다. 표현은 아마도, 우리가 안다고 생각했는데 막상 실행하려면 어떻게 해야 하는지 알 수 없는 개념 군에 속할 것이다.

    그러면 우리는 왜 표현에 대해 말하고 생각해야 할까?

표현에 대해 왜 굳이 힘들게 숙고를 해야만 할까? 표현에
어떤 새로운 의미가 들어 있다는 말인가? 지금 이 시대를
살아가는 우리에게 표현이 새롭게 알려주는 바가 무엇일까?
그리고 표현을 논하는데 왜 하필 에곤 실레를 통해 말하려는
것일까?

　　표현한다는 것은, 있는 그대로 보이는 것이 객관적인
사실이라는 개념에 의심을 품는 행위이기 때문이다. 우리가
본 것이 있는 그대로의 본모습인가에 대한 의혹, 내가 본 대로
표현한 것이 객관적인 사실이냐는 질문이 들어 있는 것이다.
그것은 '사람들'과 '사람'의 대립이며, 보편성과 개인성의
대립으로 나타난다.

　　결국 표현은 무엇이 옳은 것인가 하는 엄중한 질문으로
귀결될 수밖에 없는 심각한 행위다. 이러한 의심은 철학의
흐름과 맞물려 있다. 미술사에서 이러한 의혹은 정확하게
철학사의 진행과 같은 맥락에 있다.

　　이런 심각성이 부담스럽기 때문에 표현에 따르는 고민을
짊어지고 싶지 않다면, 표현에 대해 궁금해하거나 표현을
추구하거나 하는 일은 포기하는 게 좋겠다. 무엇이 옳은가,
무엇 때문에 옳고 그르고 하는 것이 생겨나는가, 이런
질문들에 가까이 가고 싶지 않다면, 표현에 대해 일찌감치
거부 의사를 표하거나 그런 종류의 논의로부터 빨리 눈을

돌리는 게 좋다. 그래야 자기 자신을 들여다보는 수고로움과 당장의 이익을 얻지 못하는 감정적 해석 같은 '헛수고'를 하지 않을 수 있기 때문이다.

우리는 표현을 선도한 작가들로부터 표현의 결과물을 보고 감상을 하는 것으로 표현을 음미하고 이해했다고 생각하는 데 그칠 수 있다. 그렇다. 거기서 적당히 그쳐야 한다. 그러는 편이, 이 심각성을 자신의 것으로 받아들이는 막중함이 나의 인생으로 침범해 들어오지 못하도록 적당히 선을 긋는 가장 훌륭한 기술적 방법일 것이다.

표현에 대해 심사숙고를 한다면, 일상생활에 전혀 도움이 안 되거나 골치 아프다고 여겨지는 질문들, 예컨대 나는 무엇인가, 무엇이 옳은가, 내 눈에 보이는 것이 맞는가 같은 문제들을 파고들어야 할 텐데, 이것을 나와는 동떨어진 문제로 치부할 수 있는 선택권이 우리에게는 충분히 있다.

이런 고민들은 머리가 아플 뿐만 아니라 경제적으로도 실질적이고도 즉각적인 이익이 없기 때문에 나와 상관없는 일처럼 보이기 때문이다. 그렇다면 이 책을 시작하는 글에서 내가 엘리베이터에서 만난 아이가 유치원에서 하고 있는 감정 수업은 잘못된 일이 될 것이다. 빨리 그 유치원에 찾아가서 지금 때가 어느 때인데 감정 놀이로 아이의 심신과 장래를 망치고 있느냐고 항의라도 해야 할 것이다.

그리고 우리는 기계와 다를 바 없다는 것에 자부심을
가지고 우리는 감정이 없으며 그런 건 있어서도 안
된다고 말해야 할 것이다. 그리고 모든 감정은 쓸데없으며
멜로드라마에 나오는 종류의 사랑과 질투 말고는 모두
쓸데없는 것으로 취급해야 한다. 그건 영화 산업을 위해서
모두가 인정하고 있는 것이니 취급해도 되는 감정으로 친다고
하더라도 말이다. 감정을 통해서는 무언가를 알아가는 데
적합하지 않으니 그마저도 쓸모없다고, 감정으로 무언가를
의미하거나 하는 건 타당하지 않다고, 사회가 법률이라도
정해야 할 것이다. 어떤 감정도 표현하거나 들먹여서는 안
된다고, 그런 건 무식하거나 수준 낮은 행위라고 정죄해야
할 것이다. 아이가 다니는 유치원이 문을 닫거나 벌금이라도
내게 해야 한다. 모든 사람이 오로지 돈을 버는 것과 거기에
필요한 사회적 기준을 따르는 것 말고는 다른 데 관심을
가지거나 보여서는 안 되니 말이다. 마치 우리 사회가 이렇게
해야 한다는 전제 아래 움직이는 것처럼 보인다.

그렇다면 유치원에서 왜 이런 위험하기 짝이 없는 수업을
시도하는 걸까? 우리는 왜 표현에 헌신함으로써 시대를
앞섰던 작가들에게서 이토록 강력한 충격을 받는 것일까? 이
둘은 같은 맥락의 질문이 될 것이다. 지금 우리의 모든 문제는
결국 우리가 감각과 감정을 말살당하다시피 하는 세상에

살기에 벌어지는 일이기 때문이다. 그래서 아이들에게만큼은 그런 일을 당하지 않도록 미리 문제 해결 방법을 알려주고 싶은 것이다.

'표현'을 옹호하거나 두둔하거나 그 정당성과 필요성을 말하는 순간, 그렇지 않기를 또는 그런 게 없거나 없어지기를 바라는 수많은 보편성으로 둔갑한 정체 모를 괴물과의 대립은 피할 수 없는 문제가 되기 때무에 상황은 늘 복잡해진다. 또한 누군가 상대방과 함께 그것에 대해 숙고한다는 것은 수많은 개별적이고 개인적인 논의가 포함되기 때문에 엄청난 시간과 에너지를 필요로 하게 된다. 한마디로 그것은 효율이 떨어지는 작업이다.

아쉽게도 개인은 이 사회에서 그래야 한다고 통용되는 방식에 순응하고 사람들 눈에 그럴듯해 보이는 양식을 따르기 위해 자신만의 개별성과 고유성을 포기해야 하는 상황이 벌어진다. 보편성이나 개인성 같은 개념이 모두 쉬운 말처럼 들리지만 이것을 각자에게 구체적으로 적용하는 순간 결코 쉽지 않은 행동 강령으로 돌변하게 된다.

시대나 세상을 바꾼 예술가들, 물론 그들의 작업이 한참 지난 다음에야 비교적 그렇다고 평가되는 것이지 당시에는 그들 자신은 정작 시대나 세상을 바꾸려고 한 건 아니었을 텐데, 그들이 맞닥뜨렸을 문제에 대해 지금을 사는 내가

상상력을 총동원해서 나의 입장과 시선과 시각을 이입하는
일은 생각보다 더 힘들지만 매우 흥미로운 일이었다.

표현은 표현의 결과물에 대한 제3자적 시선으로서의
분석이기도 하지만, 표현자의 심성에서 좀 더 들어가
표현자의 심상과 심장 뜀을 해석하는 일로 보인다. 다시
말해서, 에곤 실레가 표현한 결과와 그 겉모습에만 머물 게
아니라 그것이 결과물로 표현되는 순간에 진동하는 감정의
생김새를 서술하고 싶었다. 그래서 우리는 표현을 어떻게
대하고 있으며 표현한다는 것은 무엇이며 표현은 왜 필요하며
표현이 우리를 어디로 이끌고 가는가, 그리고 표현의
밑바닥에는 어떤 강력한 힘이 작용하는가에 대한 질문을
공유하고 싶은 것이다.

나는 이 점이 에곤 실레가 우리에게 남긴 위대한
유산이라고 생각한다. 이것이 그의 선에 들어 있는 떨림이
우리에게 주는 강력한 메시지라고 생각한다. 그림은 참으로
강력하다. 백년이 더 지났는데도 그 떨림에 대한 근거를
말하는 일이 전혀 진부하지 않고 새롭다니…… 이런 훌륭한
기회를 갖게 되다니…….

그런데 그런 떨림을 왜 자주 볼 수 없을까? 이런 의문이
드는 게 이상한 일도 아니다. 왜 에곤 실레처럼 강력한 진동을
전하는 화가가 주변에 많지 않을까? 왜 그 많은 작가들과

그림들이 우리를 흔들어놓지 못할까? 모든 그림은 보는 이를 흔들어 깨워야 마땅한 것 아닐까? 내가 너무 엄청난 의문을 던지는 것인가? 화가라면 당연히 자신의 영혼을 송두리째 표현에 쏟아부어야 하지 않을까? 그런 그림 앞에 선다면 우리의 영혼은 마땅히 흔들려야 하지 않는가? 아쉽게도 그렇지 못하다. 분명한 사실은, 그래서 우리는 아직도 백년 전의 작가 이야기를 하고 있다는 점이다. 에곤 실레가 백년 전의 작가라서가 아니라, 이후로 아직도 그런 작가가 나오지 않았기 때문이다.

우리가 보고 싶은 것은 표현이다. 하지만 그 표현은 앞서 길게 얘기했듯이 영혼을 쏟아부어야 하는 일이며, 그건 절대로 맘만 먹으면 접근할 수 있는 만만한 일이 아니며, 인간이 가진 본능이자 최소한의 권리임에도 불구하고 그것을 말하기 위해서는 왜 이토록 애를 써야 하는지 모를 일이며, 심지어 철저하게 세뇌된 채 딱딱한 껍데기로 중무장한 보편성이라는 얼굴 없는 정체의 존재를 힘겹게 서술하는 것부터 시작해야 하는 번거로움과 수고로움을 감수해야 하며, 그렇게까지 한다 해도 개별성과 개인성에 대해 이해하기 쉽게 설명할 수 있는 종류의 것이 아니며, 애써 이해를 했다 하더라도 당장의 이익과 연결되는 건 아니라는 점은 말할 수 있겠다.

그러니 표현은 없어져도 되고, 시간이 날 때만 취급되어야 한다는 사실에 대해 수긍하며 살아가는 방법밖에 없어 보이지만, 예술가에게만큼은 다르다는 것을 에곤 실레가 말하고 있다. 그것이 바로 오랜 시간 미술사 연구에 애정을 쏟으신 안현배 선생님이 박식한 혜안으로 에곤 실레를 설명해 주시는 이유이며, 나의 두서없는 글로 애써 에곤 실레를 다시 말해야 하는 이유라고 생각한다.

표현에 대해 말하는 것도 글을 쓰는 것도 어렵다. 그것은 어려운 일이 맞다. 어려운 데다 살아가는 데 별 도움이 안 된다면 그런 시도 역시 하지 않는 게 맞겠지만, 우리가 표현을 무시하지 못하는 이유는 표현이 그만큼 우리 삶에 없어서는 안 될 중요한 의미를 가지고 있기 때문이다. 또한 결코 표현을 없앨 수도 없다.

그러나 표현은 작가에게 형벌이 아니다. 우리는 고흐, 뭉크, 실레, 코코슈카, 그리고 표현을 선택했던 사람들에게서 자포자기를 보는 게 아니다. 우리는 그들의 표현에 들어 있는 심각한 열정과 힘을 보아야 한다. 그 심각한 열정을 가능하게 하는 힘은 어디서 오는가?

어쩌면 편의상 이들의 열정을 과대망상이나 광기나 나르시시즘이라고 빨리 판단해 버리는 게 속 시원한 일일 수 있겠다. 하지만 우리는 안다, 그렇지 않다는 것을. 단순한 이상 증세라고 치부하면 편할 것을 그렇지 않기 때문에 그들의 열정에 대한 우리의 궁금증이 하늘을 찌르는 것이고, 그래서 보지 말아야 할 것을 자꾸만 보게 되는 것 같은 죄의식을 동반한 흥미와 끌림을 느끼게 되는 것이다. 이러한 궁금증이 이들을 참으로 오랫동안 연구할 대상으로 삼게 만든다.

이제 좀 더 나아간 질문을 할 때가 되었다. 우리의 궁금증은 무엇을 향해야 하는가? 우리를 유혹하는 표현의 진의가 무엇인가? 지금 묻지 않으면 너무 늦을 것이다. 엘리베이터에서 만난 초등학생도 이런 질문을 한다.

표현에 대해, 그 표현이 시작되는 감정에 대해, 그리고 감정이 이끄는 방향과 그 이끌림의 원초적인 근원에 대해 궁금해해도 된다. 다만 우리가 그동안 듣고 보고 세뇌당했던 흔한 결론에 이르지는 않을 거라는 예상만 한다면, 얼마든지 궁금증을 가져도 된다.

표현의 의미에 대해 다시 한 번 깊게 생각할 수 있는 기회를 갖게 된 것에 대해 감사하다.

박신양 화가
(2023년, mM아트센터 전시실에서)

박신양 화가
(2023년, mM아트센터 전시실에서)

에곤 실레, 「예술가의 방」
(1911년, 40×31.7cm, 빈 박물관)

그림이 뿜어내는 강렬한 에너지

안현배

19세기 후반 유럽 문화에서 모더니즘이 점점 자리를 잡아 갈 때, 예술 역시 큰 변화를 겪었다. 그때까지 외부의 재현을 목표로 하고 교육과 감상을 위해 사용되어 왔던 회화 예술은 작가의 내면으로 그 주제의 방향을 돌렸다. 정보를 전달하던 시대에서 벗어나 이제 작가들은 자신의 목소리를 듣고 자신이 경험한 것을 표현해 내는 과정을 통해 감상자들에게 자신의 목소리를 전달하게 되었다.

인상주의에서 표현주의로

표현주의 회화는 감정과 주관의 경험을 강조하는 예술로서 탄생한다. 현실을 사실적으로 묘사하기보다는 과장된 형태와 강렬한 색채를 사용해 내면의 감정과 심리를 표현하는 것. 그 앞부분의 설명이 생략된 채 사용되는 것이 표현주의 사조였다. 이 심리는 주로 인간의 고통과 불안, 공포와 욕망 같은 감정이다. 자연스럽고 조화를 이루려고 했던 인상주의에서 벗어날 것 같은 태도로, 왜곡된 형태와 불균형적인 구도를 주로 사용했다.

—표현주의에 대한 사전적 정의에서

모더니즘 초기, 보라는 대로 보고 그리라는 대로 그리던 아카데미즘에서 벗어나 화가 스스로 생각하고 색을 고르고 역시 스스로 시점과 각도를 선택하는 미술이 시작되었다. 과거와 차별될 수밖에 없는 독특한 방식으로 자연을 관찰한 결과물을 보여 준 인상주의가 바로 그 첫 주자였다. 인상주의가 등장한 이후 작가의 주관성은 예술성을 평가할 때 중요한 요소가 되었다. 인상주의의 뒤를 이어 단순히 바깥 풍경을 그리는 것에 그치지 않고 풍경과 인물에 생명을 부여하는 것, 표현주의의 목표는 거기에 있었다.

고흐를 최초의 표현주의자로 삼고 뭉크와 실레, 칸딘스키에게로 흐르는 이 계보에서 예술가들은 정확한 기술로 정교하게 묘사하는 것에 관심을 가지기보다 자신의 감정과 생각을 담아내는 쪽을 선택했다. 고흐의 해바라기의 강렬한 색감과 뭉크의 소용돌이치는 하늘은 그런 맥락에서 태어났다.

에곤 실레의 표현주의

　한때 잊힌 적도 있었지만, 이제 다시 우리에게 돌아와 20세기 초반을 대표하는 화가로 자리한 에곤 실레. 그의 작품 속 인물들은 대부분 불편한 자세를 취하고 있고, 강렬한 눈빛은 우리를 쏘아보는 듯하며, 표정은 자기만의 세계에 빠진 듯 몽환적이다. 실레는 그 살아서 꿈틀거리는 존재감과 상관없이 역설적으로 죽음과 고통에 대한 이야기를 전한다.

　사실을 그대로 전할 필요가 없어진 무대에서 실레가 그리는 육체는 관습적인 우리의 인식 방법을 파괴하면서 왜곡되고 과장된 연출을 따른다. 실레에게는 종종 감상자를 붙잡아 앉혀 놓고 작품을 끝까지 직시하기를 강요하는 것 같은 느낌을 줄 정도로 시선을 잡아끄는 힘이 있다. 이는 그가 다루는 주제와 표현하는 방식 모두 실레 자신만의 것이기 때문일 것이다. 특히 사람들이 가장 매혹되는 주제인 죽음과 그 경계에 있는 에로틱한 욕망의 표현이 그렇다.

　모든 표현주의 작가들은 그 흐름의 성격상 부드럽고 따뜻한, 보편적인 아름다움과 거리가 멀고 자기만의 확실한 방향과 스타일을 만들어 가야 한다. 그런 맥락에서 작가 본인과의 대면, 치열한 고민, 고독 같은 것들은 저절로 따르게 되어 있다. 실레는 자신의 짧은 생애 동안 이 모든 것을 완성했던 드문 예술가였다.

나르키소스로서의 매력

짧은 인생을 살다 갔음에도 그의 그림을 만나는 사람 모두를 사로잡는 에곤 실레는 종종 나르키소스에 비유되곤 한다. 그의 확고한 자신감과 그림의 존재감이 모두를 매혹한다. 나르키소스가 스스로에게 반한 것처럼 실레 역시 흔들리지 않고 자기만의 예술을 해나갔다.

오히려 나중에는 클림트가 실레의 영향을 받았을 만큼 실레가 가진 힘은 경이로웠다. 유럽에서조차(영국과 독일의 전시회에서도) 그의 전시회 포스터는 지하철역에 붙거나 공공장소에 공개되면 일부 가려져야 했으니 그 적나라함이 에곤 실레의 모든 것이라고 폄하되기도 했지만, 그것은 실레의 작품들이 갖는 도발적인 존재감이 100년이 지난 지금도 여전하다는 반증이기도 하다.

에곤 실레나 오스카르 코코슈카 같은 작가들의 그림을 볼 때면 그들의 확고한 스타일을 만날 수 있다. 그들은 자신을 들여다보고 내면의 이야기를 강렬한 방법으로 표현해 내고 실레 식으로, 코코슈카 식으로 이미 완성된 그들의 개성을 더해 작품을 완성한다. 그리고 이 그림들은 어디에서도 그림 자체로 실레와 코코슈카와 연결할 수 있게 한다. 말이 쉽지, 이런 경지에는 천재이거나 길고 지난한 노력을 한 소수의 작가들만 이를 수 있을 것이다.

그 과감한 시도 뒤로 인간의 보편적 공포와 불안, 자기 연민

228

모두를 느끼게 하는 것을 보면, 역시 예술은 예술이라 불려야 한다는 생각이 든다. 그리고 그 예술들은 충분히 사람들에게 대화를 건넬 힘이 있다.

박신양 작가와 표현주의

많은 사람들이 그렇듯 나도 박신양 작가를 처음 만난 것은 그가 출연한 드라마와 영화를 통해서였다. 화가로서의 길을 가게 된 것을 알았을 때도 드라마 주인공으로서의 느낌이 강하게 남아 있어서였는지, 마치 그가 새로운 배역을 맡은 것 같았을 뿐 그다지 신선하지는 않았었다. 사실 정말 놀란 것은 평택에서 열린 그의 첫 개인전에 갔을 때였다.

세 층으로 이루어진 큰 건물 안에 가득한 그림들을 대하고 그 그림들이 전달하는 그토록 강렬한 에너지를 느낀 건 누구에게나 낯선 경험일 듯하다. 아름답고 정교한 묘사를 선보이기보다 커다란 캔버스에 뿌려지고 새겨진 색들이 강한 힘을 뿜어내고 있었기 때문에 표현주의 계열의 그림으로 보기에는 어렵지 않았지만, 화가로서의 길을 가겠다는 그의 진심을 발견하는 것은 또 이상할 정도로 당황스러웠다.

그 이후로 시간이 꽤 흐른 지금도 여전히 처음 그의 그림들을 마주했을 때 느낌이 생생하다. 형태보다 본질이 핵심이라고 말하는 듯한 사과 시리즈나, 거꾸로 혹은 정면으로 관찰자를 응시하는 자화상들 앞에 설 때마다 박신양 작가의 미술이 갈 여정이 궁금해졌다.

하지만 그중에서도 내가 가장 깊은 인상을 받은 것은 역시 그의 당나귀 시리즈다. 아버지로부터 이어져 온 시간의 두께와 그 자신의 고민이 지닌 무게와 앞으로도 그렇게 걸어갈 거라는 의지가 거칠게 칠해진 붓의 뒤에서 빛을 내고 있었다. 그의 당나귀는 어둡고 무거운 곳에 서 있지만, 항상 희망을 담은 색이 아주 작게 더해져 있다. 가장 솔직한 것이 가장 큰 힘을 가진다는 건 그림에서도 마찬가지다. 당나귀들이 자화상보다 더 자화상처럼 생각되는 것은 그만큼 그의 고민이 깊이 담겨서일 것이다.

박신양 작가와 함께 에곤 실레에 대해 이야기하는 중에 서로 다른 입장으로 접근하고 표현할 수밖에 없지만, 그 차이가 또 이 비전형적인 오스트리아 예술가를 이해하는 방법일 수도 있겠다 생각했다.

에곤
실레,

예술가의
표현과
떨림

1판 1쇄 찍음   2025년 2월 20일
1판 1쇄 펴냄   2025년 2월 25일

지은이   박신양, 안현배
발행인   박근섭, 박상준
펴낸곳   (주)민음사

출판등록   1966. 5. 19. 제16-490호
주소   서울특별시 강남구 도산대로1길 62(신사동)
           강남출판문화센터 5층 (우편번호 06027)
대표전화   02-515-2000
팩시밀리   02-515-2007
홈페이지   www.minumsa.com

ISBN   978-89-374-2858-6 (03800)

* 잘못 만들어진 책은 구입처에서 교환해 드립니다.